新的冒险

[美] 泰德·里卡迪 著
姜井勇 郑逸秋 译

群众出版社
·北京·

内容简介

福尔摩斯重出江湖，和华生重拾“黄金组合”的默契，穿越大不列颠群岛和意大利半岛，理性思考，层层推断，历经一个又一个冒险，成功地破获了波尔洛克之死、赤面人、失踪的房客等一个又一个案件。而后，关于他的最大宿敌詹姆斯·莫里亚蒂教授的线索开始浮出水面，有证据显示，后者很可能仍然存活于世。福尔摩斯抽丝剥茧，通过不懈努力，终于查明事情真相。

目　录

拉维罗事件

在我和福尔摩斯 起经历过的冒险中，下面这个也许最能揭示他的一些让人难以捉摸的性格。尽管我们之间的友谊亲密无间，然而这些特质从我们认识到现在，仍未曾表现出来。它们和他极力塑造出的形象——一台没有情感波动的机器，一个只是用来思考的大脑——大相径庭。福尔摩斯外表上的冷漠似乎不容置疑，可有时即使他竭尽全力，这冷漠的面具也会露出破绽。忠实的读者们或许还记得我在《三个同姓人》中的描述：福尔摩斯担心我受到致命伤害时，脸上流露出了巨大的情绪波动。撇开这些偶尔的破绽，福尔摩斯固执地坚持着他为自己选择的形象外衣，虽说这不是他真实的一面，却也吓跑了不少蠢货和那些为了一点儿鸡毛蒜皮的小事儿而浪费他时间的人。总之，我想让读者知道，本书中的福尔摩斯也是一个面带和善微笑、偶尔还会不无讽刺地笑出声来的人。

在过去的文章中我提到过我这位朋友的个人习惯，除了他那众所周知的混乱无序以外，他在其他方面都表现得相当节制，甚至可以称得上清心寡欲，而烟瘾则是他唯一戒不掉的东西。至于饮食，他只吃那些能让他保持头脑清醒和身体正常运转所必需的食物，他很少饮酒，只偶尔喝一杯威士忌或是葡萄酒。

在意大利的时候，尽管那里多彩的生活充斥着更多的诱惑，福尔摩斯的习惯却鲜有变化。他依旧吃得很少，对于为他准备的食物也漠不关心，不过，我发现，他爱上了罗马浓咖啡和每天清晨男仆端上桌的热气腾腾的硬皮面包的味道。用完简单的早餐，福尔摩斯会稍事休息，翻阅书籍——或许只有在读书时他才做不到节制吧。

以前在伦敦，福尔摩斯总是埋头于布满灰尘的古旧书籍中，而在罗马，他发现了几家非常合他胃口的书店。成堆的书像大朵的毒菌一样从屋子的四处冒出，我担心早晚有一天，当我回家时，它们已经侵入了我的房间。

我们在克雷申奇奥大街上找到了新的住处，它位于曼弗雷迪尼夫人宽敞的豪宅中。曼弗雷迪尼夫人相当古怪，每当她在蒙特卡洛的赌场当总管的丈夫回家时，她都会用一把大扫帚打他。但看到这位先生从未受过什么要紧的伤，我们便无视了他们所引起的骚动——尽管有时这位挨打的先生为了找个地方躲起来，被他的妻子紧追着跑过我们的房间，妻子用扫帚打他那可怜的秃脑袋时，他总是喊着“家门不幸”和其他难听的骂人话。上次见到这样的情况时，福尔摩斯一边轻声笑着，一边继续埋头于工作。

我们租住的地方有三个房间，位于一座最近翻新过的灰色建筑的顶楼，光照充足，下面是环绕整座住宅的游廊。站在这里，我们可以看到瓦莱达奥斯塔教堂的圆形拱顶和远处的圣彼得大教堂。房间宽敞，陈设简单，只放置了一张床、一副桌椅和一个大衣橱。福尔摩斯从波特塞门的二手市场买来了灯具、书架，还有几把十分破旧却颇为舒适的安乐椅。他自己的书架很快就被一本本厚重的书籍和乐谱塞满。乐谱大多数是小提琴谱的稀有藏品，不过也有最近流行的作曲家普契尼、雷昂卡瓦罗、乔达诺、马斯卡尼等人的作品。他对这些作品感兴趣倒不是因为它们的音乐元素——对此他甚至嗤之以鼻，而是因为它们对于潜伏在意大利人心中黑暗角落的犯罪动机做出了很好的诠释。

一天傍晚，我从波勒兹别墅散步回来时看到福尔摩斯正在琢磨他刚买回来的东西。

“真是令人惊奇的发现，华生。看，亲爱的医生，对这些稀罕的东方书籍在意大利几乎没什么人感兴趣，买它们只花了相当于我按伦敦市价需要支付的几分之一的钱。”

我像他一样坐在了地上，一同研究起了他刚买的书。

“看这个，我亲爱的伙计，这是七本莫里斯关于印度斯坦族文物的书，十分罕见，只要几里拉①。注意看这精致的装帧。还有这几本《东方研究杂志》，都是图书经销商免费送给我的，因为他已经不想再把它们堆积在他拥挤的书店里了。”

我拿起地上最厚的一本书，那是莫尼尔·威廉姆斯版的梵英字典，外面包着精美的蓝色皮质封套。

“福尔摩斯，”我有些不快，“买这样东西显然是多余的。我们在伦敦的住所已经有两本一样的了。”

“呃，华生，确实是这样。可是你看，这本字典只有那两本的一半厚，内容却一样。这是为了方便那些必须仔细挑选所带书籍的旅客而改用薄纸印刷的。”

我本想说他不可能在旅行时说梵语并且挖苦他一番，可我管住了自己的嘴。相反，我有些尖锐地问道：“请向我解释一下，这样的书是怎么出现在意大利的?”

我的朋友看着我笑了起来。“你提了一个相当有意思的问题。我买书时也有同样的疑惑，然后我想到了一种解释，并且立即被那位图书经销商证实了。华生，我们国家很多住在殖民地国家的人的整个成年阶段都在印度和其他热带地方度过，退休后回到英国安度晚年时，却发现英国阴沉的天气和充满约束的生活方式都不是他们所喜欢的，于是他们又回到了阳光充足的地方。他们往

① 里拉（lire）：意大利、梵蒂冈、圣马力诺等国的货币单位，现已被欧元取代。——译注

往会选择来意大利，尤其是罗马的南海岸。这是我从书商那儿听来的。他们希望阳光和充满活力的意大利能让他们回想起年轻时在热带地区的生活。当然，这一点他们搞错了，给他们带来幸福感的并不是阳光，而是他们享有的帝国所带来的特权。然而，在这种不切实际的希望的驱使下，一些曾在印度次大陆和非洲服过役的英国人来到意大利，人数虽少，却越聚越多，现在生活在萨勒诺附近温暖的山区一带。”

“真有意思。”我说。

“可不是，”福尔摩斯说，“我猜，其他人会选择一个较短暂的居所，每年在泰晤士河和地中海之间往返。等这里的工作告一段落后，休假时我们南下去看看在意大利南部定居的同胞们，这应该会很有趣。”

福尔摩斯所期待的休假迟迟没有来。事实上，后来我们前往意大利南部不是为了休假，而是因为工作。整个冬天福尔摩斯都很忙碌。克雷莫纳的小提琴造假案和一天晚上在哈德里安墓前发生的血案使他在整个阴冷的1月和2月都抽不开身。3月中旬，福尔摩斯以为他终于空下来了，罗马警局的格里马尔迪探长却在那天一大清早来到了我们的住所。他的衣着和举止都一如既往地优雅，可他看上去像一宿没睡，十分疲惫。福尔摩斯为他准备了咖啡，他欣然接受。

“我来这里不是为了在罗马发生的案子——那些案子

让我彻夜未眠，”他说，“而是因为我收到了那不勒斯警局尼科利尼探长的消息。他们被一个案子难住了，希望得到你的帮助，因为几个当事人是在意大利定居的英国人。因为你经常提到你想去南部旅行，我想，这是一个好机会，借此机会去旅行再合适不过了。”

“亲爱的格里马尔迪，请告诉我们到底是什么事。”福尔摩斯问。

“我只能告诉你们我从尼科利尼那儿得来的消息。从表面上看，这可能是件本该由尼科利尼一个人在拉维罗解决的小事，可由于事情不仅关系到意大利人，还牵涉英国公民，他认为，也许你出面会比较好。这起案件是警方通常所说的‘il mostro nella soffita’——阁楼怪物之谜。这可能是一个很有趣的案子，当然我得让你自己来判断。”

格里马尔迪俯身向前，喝了一口咖啡，接着说：“尼科利尼说，在靠近阿玛尔菲城区的地方住着一位英国妇人，当地人都叫她印第安夫人，也就是印度夫人。之所以这么叫她，是因为她嫁给了贾斯旺特·辛格爵士——一位印度绅士，据悉是最富有的人之一。辛格爵士在离拉维罗市中心不远的地方有一栋别墅，该别墅位于小镇东部的丘陵间，他和夫人每年春天和初夏都会在那里住上几个月。三周前，辛格爵士携夫人像往年一样住进了那栋别墅。但是，住了没多久，辛格爵士就被通知去瑞士出差。他的妻子留下来一边布置别墅一边等他回来。虽然丈夫不在家，辛格夫人却感到十分安全，所以她没有聘请门卫，她觉得，有仆人帮忙就够了——那些仆人住在附近，以备她的不时之需。她丈夫临走前提醒她，在他回来之前，他的听差哈比卜会送来他们剩下的行李。

“一周前的一天晚上，辛格夫人忽然被一种受伤野兽所发出的叫声吵醒了。她向尼科利尼描述称，那叫声像是呻吟，还夹着咆哮。她说，那声音是从别墅里面传来的，也许是从那间空着的大阁楼里。她被吓坏了，按铃叫来了仆人们。他们及时赶到，却没有人表示听到过什么叫声。这并不难理解，因为他们睡在和主楼相隔离的小楼里。仆人们把房子搜了一遍，却徒劳无获。哈比卜是在前一天晚上到别墅的，他在大家搜查结束后才现身，显然对之前在房子里发生的怪事一无所知。关于这件事的谣言迅速在拉维罗、波西塔诺、阿玛尔菲和附近其他村庄传开了。事情传到尼科利尼耳朵里的时候，已经由于被添油加醋而变了味儿。有人说，曾亲眼看见过一只大老虎，还有人说，一位英国夫人晚上撞见了鬼，结果发了疯。辛格夫人坚持要找一个门卫，但却只有一个名叫阿玛尔菲塔诺的勇敢老人和一个名叫朱塞佩·阿门多拉的人愿意陪辛格夫人住在别墅里。

“两天前的晚上，辛格夫人又听到了同样的声音。她叫阿门多拉老人的名字，可他却一直没有出现。她走到楼梯旁时看见老人倒在血泊中。她呼救的尖叫声引来了仆人们，他们立马赶来救人。他们发现，门卫还活着，可他脖子左侧伤口却在大量出血。他们止住了血，然后叫医生去了。同时，他们还通知了尼科利尼探长。他当天晚上就带着几个宪兵赶到了。他们讯问了门卫，可他却说，他什么都没有看到。当时，他听到了奇怪的声音，声音似乎是从楼梯顶上传来的，可他却什么都没有看见。在黑暗中，他先是感到一个软乎乎的东西，之后又是一个尖利的东西碰到了他耳朵下面的地方，接着血就涌了出来。他昏了过去。”

“真有意思，”福尔摩斯笑道，“不用再接着讲了。我很乐意尽快和尼科利尼碰面。一个奇案可比单单去意大利南部旅行要有意思多了。”

“很好，”格里马尔迪探长说，“我立刻把你同意帮忙的消息和你到那里的详细信息发给他。两小时后就有一趟开往那不勒斯的火车。”

“我们应该赶得上那班车。”福尔摩斯说。

格里马尔迪探长离开后，我和福尔摩斯一人打好了一个小行李箱，然后乘出租马车前往火车站。格里马尔迪探长已经拿着我们的车票在那里等我们了。火车开动时，我们向他挥手作别。三小时后，我们抵达了那不勒斯火车站。在南下的火车里坐定后，我们和福斯托·尼科利尼——那不勒斯警局的总督察——聊起来了。

“真是怪事啊，先生。”火车开动时，尼科利尼说道。

“确实相当古怪。”福尔摩斯用夹杂着法语的意大利语说。

“昨天，我们上上下下搜查了整栋别墅，可什么也没有发现，没有外部入侵的迹象，也没有什么暗室，更没有野兽的踪迹。而且，也没有什么人有明显的动机想要吓唬这么一位可怜的夫人。”

“那栋房子有着怎样的历史？”

“你问了这么一个问题，福尔摩斯。”尼科利尼笑道，“多么轻啊，生命如蜉蝣稍纵即逝。意大利的历史是一座我们终其一生都在其中行走的迷宫。至于那座别墅，呃，它是由那不勒斯的名门家族之一的亚历山德里尼家族于十八世纪上半叶建造的。世纪末的时候，它成了法国的战利品。它之所以出名，也许是因为亚历山德里尼家族种的树。一个世纪后的今天，那些参天的罗马松树和橡树为坎帕尼亚的居民提供了一片无比茂盛的森林。拿破仑曾多次在别墅中居住，他曾漫步于森林深处，一直走到海边的悬崖。拿破仑战败后，别墅又回到亚历山德里尼家族手中，几近贫困的亚历山德里尼族人大约在十年前——确切地说是1891年——把别墅卖给了英裔印度银行家贾斯旺特·辛格。他把它用作避难和狩猎住所，并花费数百万里拉修复了它，然而直到结婚他才开始频繁地使用别墅。除了最近发生的事情以外，里面并没有发生过什么不幸。亚历山德里尼家族在当地很受欢迎，因为和大多数上流社会的人不同，他们对住在附近的农民很慷慨，因此那栋别墅一直都没有遭人入侵，包括‘il malocchi’——邪恶之眼①。更没有什么亚历山德里尼的鬼魂之说。”

“辛格夫人现在在什么地方呢？”

“她现在住在离别墅外不远的一家修道院中，由几位修女看护着她。那栋别墅她一晚都不愿再多住了。她已经让她姐姐过来陪她，明天她姐姐就从皮恩扎②赶到这儿了。”

“她的丈夫呢？”

“他正在回来的路上，可是几天之内到不了。”

“那位听差哈比卜呢？”

“他现在和夫人在一起，等候他主人的到来。辛格让他看护好夫人。他是辛格的老友，受辛格之雇已经多年，完全忠诚于他。他有些招人讨厌，是个结实的男人，跑不多远就会出很多汗，力气却很大。”

火车急驶着。

尼科利尼靠在椅背上，说：“我得说，我信不过那个哈比卜。我是一名当地的警察，福尔摩斯先生。我几乎没怎么离开过这里，没怎么离开过我的家乡坎帕尼亚。我见过的世面不多，却能从人们的面相、神色、姿态上看穿他们的灵魂。我看得出一个人是否在对我撒谎、是

① 邪恶之眼：中世纪时，人们认为，巫婆会用邪恶之眼让跟她作对的人生病、失恋或破产。——译注

② 皮恩扎（Pienza）：意大利中部的一个镇。——译注

否干了坏事。意大利有悠久的历史，因此我们意大利人也有一种特殊的直觉。哈比卜先生在撒谎。他一定知道些什么，却不肯透露给我们。福尔摩斯先生，我得说，你的同胞们退役后和他们的随从来这里定居，可以说给这个地区带来了不安。当地的农民尽管一时被他们的财富所吸引，却对他们的习惯极为排斥。”

我们到达阿玛尔菲时刚过正午，那是海边一座颇为脏乱的小镇。尼科利尼已在一家小旅馆为我们订好了房间。旅馆名叫圣十字酒店，离拉维罗镇不远，距亚历山德里尼的别墅更近。他自己则住在阿玛尔菲的堂兄家，便于他从当地居民口中听到各种传闻。

等着我们的是两间极佳的房间。从窗户向外望去，可以看到坐落在离我们不远的山顶上的亚历山德里尼的别墅。别墅被染成了桃红色，别墅外的橄榄树林一直延伸到亚平宁山脉间，延伸到山下的海边。别墅前的英式花园无疑是辛格夫人一手打造的。花园里，大簇大簇的野花盛开着。左边的田野上，成千上万的红色罂粟仿佛在空中跳舞。

“走吧，华生，让我们去别墅一探究竟。”

我们一刻都没耽搁，沿着一条从旅馆通往别墅的石头小径走了半英里后抵达别墅时，我看见尼科利尼在向我们挥手。

“欢迎，”他半打趣地说道，“你们可以在茶余饭后来搜查这栋别墅。但愿你们的运气好过我们。”

他坐在一棵大树下，在一个小本子上写着什么。

“哈比卜会为你们带路的。”他的语气中充满讽刺。

我们向他点了点头，走向别墅。哈比卜正在那儿等我们。正如尼科利尼描述的那样，哈比卜是个不修边幅、体态肥胖的男人。他的眼睛滴溜乱转，好像永远都在提防着什么一样。刚见面我就对他心生厌恶。

“我们从哪儿开始呢?”他问。

“房子很大，我们现在没必要搜查整栋别墅。我想查看一下辛格夫人的住处和门卫遭袭击的地方。”福尔摩斯说。

哈比卜点头赞成。

如果说别墅的外观赏心悦目，那么别墅里面只能用压抑来形容。辛格爵士大手笔的百万投入丝毫没有让室内变得轻松愉快起来。大厅和会客室的巴洛克风格的天花板上布满灰尘，好像一个世纪没打扫过一样。墙上挂着那不勒斯画家希尔德布兰德·罗萨画的亚历山德里尼家族画像。别墅周围的树遮在窗前，几乎透不进光。

我们跟着哈比卜来到二楼。他将楼梯顶端阿门多拉老人遭袭的地方指给我们看。血迹已被清理干净。福尔摩斯用放大镜观察了残留的几点血渍，却一言不发。他的目光不放过任何一处细节。

辛格夫妇的房间装饰得富丽堂皇，这应该是辛格夫人的功劳。这里布置得很敞亮，墙上也没有亚历山德里尼家画像的踪影。福尔摩斯没怎么留意房间的布置，而是仔细地查看了几扇大窗户、房子北面的阳台以及种在边上的大树蔓延过来的树枝。

“那次事件之后，房子被清理过了，”他尖锐地对哈比卜说，“可惜了。”

“我们是受辛格夫人之命打扫的。”哈比卜答道。

“没关系，我已经看得差不多了。有什么办法能让我们上屋顶吗？”

“有的，”哈比卜说，“跟我来。”

别墅一共有四层。最高的一层没有人住，里面堆满了古老的文艺复兴时期的家具和一些积满灰尘的零碎。福尔摩斯先仔细查看了窗户，然后又查看了通向一个小玄关的门。他花了几分钟在门和楼梯之间来回走动，手指划来划去，琢磨着二者间的蹊跷。接着，他趴在地上，像猎犬一样搜索着我们既看不见也摸不着的什么东西。然后，他面无表情地站起身，走到室外，爬上了屋顶。我和哈比卜在阳台上等他。我看到他专注地凝视着下方，目光慢慢移动，最后停在了屋顶和紧挨着别墅的树上，还特别留意了那些比别墅高的大树。进屋时，他又看了那些树一眼。

“很好，我都看过了。”他说，“既然现在还有时间，让我们向那位门卫老人问会儿话吧。”

我们来到底楼。阿门多拉——那位遭到进入屋子的不明生物袭击的老人——正在那儿等我们。

他说着当地的方言，语速很快——他们管它叫西林德语（Cylinder）。在尼科利尼的帮助下，福尔摩斯问了他几个问题。

“Ajja paura,” 他说，“non ajja mai avudd'na paura cumma ghesta。”

“他说，他当时很害怕，当他意识到这种生物的存在时，他感到前所未有的恐惧。”尼科利尼把老人的话翻译过来。

阿门多拉指了指他伤口上绑的绷带。

“问一下他，”福尔摩斯说，“对于那到底是什么他有没有什么想法。”

老人的话匣子一打开便收不住了。福尔摩斯把他说的每句话都记了下来，以便日后彻底调查。

“Nullo saccio, era ‘bbastanza grande, cumma se fosse nu cane, o forse na specie da'attu, o magara na gatta da muntagna. Da golora neru, o forsa brunnu. capedda' morbida, cumma nu ucedd. M'a morso achi, e poi s'e na scapadda.”（我也不清楚那是什么，它体型很大，像条狗，也许是只猫，可能是只山猫。通体黑色或是棕色。长着柔软的毛，感觉像鸟的羽毛。它在我这里咬了一口，然后就逃走了。）

“Io su nadu qui, ajju passadu la vida mia indera da rachhenna, ma vi digo che io non va chhiu da sola fuora la sera, eppura la famiglia resta a casa e non va fuora. Ghistu paes non e cumma era primu. E non sara mai cumma era. Adessu, lu Diavolu se stessu s'e messu fra noi e Diu. Sima tudda disgraziad', non sima mangha cristian'. Lu malocch' e benuda cu' ghista genda schifosa indian'. Bisogna che se na andassa da chi. So' cumma i zingara."（我出生在这里，一辈子都在这儿度过，但我以后再也不会在晚上出门了。我的家人也都只能待在家里不出门。这个地方已不是它以前的样子了。再也回不到过去了。魔鬼挡在了我们和上帝之间。印度人带来了邪恶之眼。他们必须离开这里。他们跟吉普赛人没什么两样。）

阿门多拉突然不出声了。

福尔摩斯对他的陈述表示了感谢，然后说道："尽管你很害怕，我今天打算夜访森林，你愿意和我同去吗？"

"No, mai. Se matt cumma tuda sti ingles."（不，绝不。你和那些英国人一样，都疯了。）

老人表示，他不愿再回答任何问题了。我与福尔摩斯只好同尼科利尼一起离开别墅，走回旅馆。我们离开时，哈比卜连声招呼都没打。

黄昏时分，我们刚进旅馆的门，门童递给尼科利尼一张便条。

"我听到了一些令人不安的消息，"他说，"我在阿玛尔菲的集市上听说，哈比卜带来的行李里面有一个大箱子，里面可能装着一只猛禽，也可能是条大型犬。另外，我从格里马尔迪探长那儿得到消息，贾斯旺特·辛格爵士根本没去瑞士，而是接到哈比卜的急报后去了法意边境。当时，那儿的警方截获了一个大黑箱子。我听说，法国当地的海关收了好处，让箱子过境了，估计意大利海关也受了贿赂。由于辛格先生的地位和权力，两边的警方并没有打开箱子查看箱子里装的东西便放行了。之后，哈比卜带着箱子，畅通无阻地到达了目的地。”

福尔摩斯笑了笑，说道：“是挺令人不安的。不过这消息很有价值，亲爱的尼科利尼。我猜，大家应该都想到了，哈比卜可能在为他的主人掩盖真相。不过现在，还是让我们前去拜访辛格夫人本人吧。”

修道院离拉维罗大约一公里，偏离了主路，一条泥泞小径通向其所在。比起意式建筑，它的外观看起来更接近于摩尔式建筑，或许原先它是一座古堡。修女们十分虔诚，严格遵守修道院里静心冥想的规矩，因此三个男人的突然造访让她们感到十分为难。我们告诉她们，我们只是想见一下辛格夫人。修女们不准我们进门，让我们在外面的花园里等候。不一会儿，辛格夫人就走了出来。她个子很高，比起柔美更多了几分英气，很有威严。从她焦虑的表情可以看出她自别墅那次可怕的事件以来所感到的不安。她十分热情地向我们打招呼，然而在说话时却一直在努力控制自己的恐惧。

“欢迎光临，福尔摩斯先生和华生医生。你们能来我十分欣慰。福尔摩斯先生，我从我的姐姐麦斯威尔小姐那里听说了不少你的事迹。”

我看到福尔摩斯的脸上掠过一丝惊讶。

“我不知道她是你的姐姐。事实上，我常常在想，她在加尔各答那次可怕的事件后过得怎么样。”

“她很好，很快就会到这里了。她从英国出发，现在已到达皮恩扎附近的奥斯塔山谷，离罗马还有几小时车程。她的情况到时候她会亲自告诉你的。福尔摩斯先生，请告诉我，你查清楚那怪物是什么了吗？”

“还没呢，夫人，不过我有了些想法。你可否将你的遭遇说给我听听——尽管那是十分不快的回忆？”

“我已经把事情全盘告诉了警方，不过如果我把我所记得的事情再重复一遍，或许对破案有所帮助。”她慢慢道来，“三周前，我和贾斯旺特爵士到达了这里。像往常一样，在仆人为我们布置房子期间，我们住在宾馆里。回想起来，那时我的丈夫好像被银行的事务缠得脱不开身。我们到达一周后，他告诉我，哈比卜发电报通知他，瑞士那边出了一些问题，因此他必须去一趟苏黎世。我当时很失望，但是他当时向我保证，过不了多久他就会回来。他走后的一周安然无事。贾斯旺特走了几天后，哈比卜带着我们剩下的行李来了，并告诉我说，我丈夫会比原计划晚回来几天。我又一次失望了。但见到哈比卜，看到我们的行李也平安运到了，我当时还是很高兴的。

“就在一周前，我听到了可怕的声音。开始听到声音的时候应该是在凌晨 3 点左右，那是一阵低吼声，也可以说是呻吟声，不知从什么地方传来。起初我以为是狗或猫发出的叫声，可叫声马上变成了我从没听过的怪声音。我当时很害怕，便按响了铃声。一开始并没有人来，我吓得尖叫起来。最后仆人们总算来了，可哈比卜却不见了踪影。过了一会儿他才出现，他说，他睡得很死，什么声音都没听到。

“哈比卜快速地检查了一遍整幢别墅，却一无所获。我回到房间后怎么也睡不着了。除了树被风吹得沙沙作响的声音，我什么都没有再听到。

“拂晓时分，我走出屋子，让仆人们进行全方位的检查。下午，哈比卜报告说，并没有找到什么野兽，很可能是一只落单的动物，他确信，屋子里是安全的。我执意雇一名门卫，于是就雇了阿门多拉老人。那天我感到很安心，对自己的胆怯感到很可笑，心想，那不过是‘阁楼怪物’的无稽之谈罢了。可那天晚上，叫声又响了起来，我赶到楼梯上的平台时，看到阿门多拉血流不止。仆人赶来救他时，他已经快失去知觉了。这次哈比卜立刻就出现了，他当时看起来也很害怕。他检查了四周，却什么都没发现。”

福尔摩斯专注地听着。

她一五一十地讲述着，声音中充满了恐惧，在这种情况下，我觉得她已经表现得非常勇敢了。

“你的描述与我们从其他人口中听到的别无二致。可否告诉我，有没有人想要对你和你的丈夫下手，希望你离开你美丽的别墅呢？”

“我所知道的人里面没有，福尔摩斯先生。这里的生活很平静，当地人对我们也很包容。两年前，我丈夫告诉我说，他的银行出了些问题，因此他不得不花更多时间待在欧洲。在那之后他经常忙得抽不出空来，尽管他向我保证，银行当时的状况非常好。”

“你知道他那时在忙什么事情吗？”

“我不清楚。过去的这几年里我们一直分居两地，对此我没有什么好遮掩的。我们希望住在这里能使彼此之间更亲密。”

“我猜，你们俩不是在印度邂逅的。”

辛格夫人笑了：“对，我从没去过印度，在英国居住了很多年，我丈夫也不能算是印度人。我姐姐麦斯威尔小姐是我们俩的介绍人。她从印度回来以后，由于那次灾难给她带来的创伤，她选择了住在意大利。她丈夫给她留下的遗产中有一大片土地，位于皮恩扎附近的奥斯塔山谷。他父亲买下那片土地后发现上当了，因为那其实是一片满是传播疟疾的蚊子的泥沼。他自己也因此染上了疟疾，我们认为，正是病魔使他英年早逝。这桩买卖唯一成功的地方是那栋老别墅，修修补补完全可以住人。

“我姐姐从印度回来后，决定好好装修一下那栋别墅，先消除房子的疟疾之害，然后将它长期作为耕作和园艺之用。在佛罗伦萨寻找合适的专家时，她遇到了贾斯旺特·辛格，他把自己早年成为银行家之前当疟疾病研究员的经历告诉了我姐姐。在他的帮助下，我姐姐找到了拯救这片土地的方法，现在那里已是一片欣欣向荣的景象。她还让自己的妹妹找到了爱人。既然你们互相之间已经认识了，我应该把剩下的故事留给她讲。也许今晚我们所有人应该见个面。还有一个小时珍妮弗就要抵达波西塔诺的旅馆了，然后她会来修道院一趟。或许我们可以在你们的旅馆碰面，我听说那里的夜色十分迷人。”

我们告别了辛格夫人。返回旅馆的路上，福尔摩斯一直在说珍妮弗·麦斯威尔的事。

“她是一位才貌双全的女性。华生，即使是我这种没时间想那些儿女私情的人，也不免为之心动。”

他此时给人的感觉和他在公众场合时完全不同，很久以来，我难得看到他拿自己开玩笑。

“我都迫不及待想见她了，福尔摩斯。”我说。

“不过华生，能不能拜托你收敛一下你那众人皆知的魅力？你好歹在我们的探案冒险中找到了自己的结发妻子。”

“成，”我和他大笑起来，“至少今天晚上我当个木头人。”

“那就好，亲爱的医生，当好你的木头人。还有，华生，带上你的左轮手枪，我也带上我的。今晚会十分危险，虽有良人陪伴。”

两个小时后，我们接到传话，辛格夫人和她姐姐已经在花园里等我们了。下楼时，我们看到姐妹俩坐在阳台上。

福尔摩斯快步走上前，我赶紧跟上。

“你就是麦斯威尔小姐吧？”福尔摩斯问。

“没错。”她笑着说，“是应该叫你罗杰·利顿·史密斯先生还是应该叫你的真名夏洛克·福尔摩斯先生呢？”

“正是在下。这次可瞒不了你了。这位是华生医生。”福尔摩斯说着看向我，“事件记录者，也是书中那位大侦探的创作者。”

晚间谈话就这样开始了。

福尔摩斯尽力把话题放在手头的案子上，可后来他对麦斯威尔小姐的爱慕之情占了上风。

“闯进别墅的到底是什么样的野兽呢？你理出头绪了吗？”她问。

“这么说吧，我已经有几个不成熟的想法，但没有哪个是确定的。我需要更多的证据，希望能快点儿找到。”

谈话进行了一个多钟头才结束。然后，福尔摩斯和麦斯威尔小姐到花园里散步去了。他俩走后，我和辛格夫人的谈话颇为生硬，她也没有说什么特别的话。后来我们只是在客套，最后俩人都礼节性地沉默了。

夜幕降临时，福尔摩斯回到了我们身边并告诉我们，他准备步行送麦斯威尔小姐回去，让我和他晚些时候在我们下榻的旅馆见面。发生了那样的事件，已经这么晚了，福尔摩斯竟想步行将那位女士送回家，对此我很是惊讶。我点了点头，然后叫了一辆马车，将辛格夫人送回她住的酒店后，回到我们的住处。

直到 11 点钟，福尔摩斯还没有回来，我开始有些担心了。这时我才突然想起，我陪辛格夫人回酒店的路上并没有看到福尔摩斯和麦斯威尔小姐。这让我害怕起来：他们该不会出事了吧？尽管这里离女士们住的酒店并不远，可车夫塞尔瓦托这时已经休息了。我决定沿路走着去，看看能不能碰到回来的福尔摩斯。

尽管天色很暗，不过下陡坡时，我能看见波西塔诺的灯光。不知为何，我忽然感到很不安，在薄雾中瑟瑟发抖，紧紧地握着左轮手枪。接下来，我突然感到什么软绵绵的东西碰了我的耳朵一下。后颈一阵剧痛，我眼前一黑，昏了过去。

醒来时，我发现自己躺在波西塔诺医院的病床上。我试着动了一下，可脖颈疼得我直咬牙。

“别动，华生，”福尔摩斯熟悉的声音响起，“你已经脱险了。你可把我们给吓坏了。如果当时我专心于手头的案件，这种事就不会发生了。和美人聊天聊得忘了时间！”

他脸色苍白，显得很疲惫，可他的眼中满是宽慰。

“发生了什么，福尔摩斯？我只记得后颈一阵刺痛，接着……我昏了过去。”

“你确实昏了过去，华生，因此你没有看到黑暗中的袭击者。可我看到了。”

“是什么？”

“到时候我自然会说的。你在这里躺了三天了，时而昏迷，时而清醒。我甚至想到了最坏的结果，毕竟你受的伤比阿门多拉老人的伤严重得多。再休息会儿吧，亲爱的华生。回到旅馆后我会把事情都讲清楚的。我已经安排好了一辆特殊的马车送我们回去。”

第二天上午晚些时候，经波西塔诺的医生同意，我准备出院了。我的身体非常虚弱，好在福尔摩斯的肩膀强健有力，我几乎是被他架着上下马车的。回到旅馆后，我们将房间换到了底楼。坐在舒适的摇椅上，又喝下一杯热茶后，我感觉好多了。我想知道到底发生了什么的急迫心情一定已经溢于言表了，我还什么都没说，福尔摩斯就讲起了那天发生的惊魂事件。

“那天，我和你们分开后，步行将麦斯威尔小姐送回了酒店。”他娓娓道来，“为了能多和她待一会儿，我提议不走大路，改走穿橄榄园而过的小径。你也许会奇怪为什么你们乘马车时没有看到我们。不过我们听到了你们的马车经过的声音。我们在小路上走的时间比我预计的久得多，因为园子被篱笆围成了一个个小块儿，没走几步我们就要跳过篱笆或是翻过矮墙。大约 10 点半时，我们到达了酒店。尽管我意识到你可能会出来找我，但我还是和麦斯威尔小姐多聊了一会儿，最后在差不多 11 点时离开了她那儿，也就是我推测你出门的时间。”

“一点儿没错，福尔摩斯，那时我的手表刚好 11 点整。”

“几分钟后，我听到了你的脚步声，接着是一声呻吟。听到你痛苦的叫声，我不由得痛恨自己的软弱和疏忽。我向你跑去，看见你倒在地上，血流不止。突然，我被身后的什么东西一把抓住，摔倒在地。我把那个家伙按倒在地——尽管很久不练了，我的摔跤术依然能派上用场——映入我眼帘的是一个几乎赤裸、丑陋不堪的侏儒的一张写满恶意的脸。他紧紧地勒着我的脖子，我几乎不能呼吸。最后他终于体力不支了，我一拳打在他的头上，把他打昏了。我奔向你。你已经昏死了过去，脖子上有个小而深的刺伤，伤口一直在流血，好在出血速度不快。我从衬衫上撕下一条布帮你止住了血，然后背着你回到了酒店。简短地解释了一番后，我把你留给麦斯威尔小姐和她妹妹照看，她们立马去叫医生了。我想，受重创的那头野兽应该还躺在原地，于是赶回了山坡。可事与愿违，他苏醒后已经逃走了。我想，在黑暗中无法搜寻，不过还有一个地方应该去看一下，那就是哈比卜的住处。我到他的小屋时，听到了一声低吼——一定是那吼声使辛格夫人受了惊。我手握左轮手枪，猛地打开了门，看到哈比卜很平静地坐在里面，侏儒戴着项圈，与之相连的皮带被哈比卜牢牢地握在手中。

"'福尔摩斯先生，请进。你不必害怕。我已经把他拴好了。你发现了我们之间的小秘密，对此我很遗憾。我衷心希望华生医生能康复。'

"'华生现在怎么样，我不知道，不过他有着强健的体魄。亲爱的哈比卜，有很多问题需要你来回答，我将把刚刚发生的事情告诉尼科利尼。'

"'福尔摩斯先生，在你这么做之前，能否听我把话说完？我会把我所知道的事情讲给你听，但除此之外我不会透露一个字。此外，我所说的内容不会对贾斯旺特爵士不忠，他是我的恩人，预计明天到这里。自他早年出海航行到现在，贾斯旺特爵士已经养了他好些年了。他在一艘开往美国的船上发现了他——这个混上船的饥饿偷渡者。贾斯旺特给他喂了吃的，想在船靠岸之前先养着他，不让他饿死，之后就让他自生自灭。他很聪明，颇有些智谋，贾斯旺特爵士开始喜欢上他了。这家伙不会说话，只会用一种只有他自己听得懂的语言只言片语地说上两句。船在巴尔的摩靠岸时，贾斯旺特爵士以为这件事就这么结束了。然而一个月后，这家伙居然在美国一个无人问津的地方找到了爵士。贾斯旺特决定留下他，而且如果可能的话，尽量不让人知道。他给他取名为佩佩，因为这么叫他的时候他会有反应。

"'贾斯旺特在伦敦飞黄腾达后，佩佩的存在就成了一个麻烦。他和辛格夫人婚期将至，于是决定不再让佩佩待在伦敦他特地准备的房子里了。作为贾斯旺特的老友，我全权负责照顾佩佩。贾斯旺特爵士觉得，如果在英国国外为他买一套大别墅，佩佩会很乐意住在那里的。于是我们就来这儿了。起初，佩佩快乐地在这里独自生活，在树枝间游荡，从未被当地人发现过。然而有一天，我找不到他了，便四处寻找。三周后，贾斯旺特爵士通知我说，佩佩不知怎么已经回英国了。

"'接着麻烦就来了。在伦敦，佩佩袭击了几个人，所幸没有造成死亡。贾斯旺特爵士没有暴露自己的身份，花了一大笔钱瞒住了这些事情。尽管佩佩受到了善待，他的脾气和残忍的行为却变本加厉起来。贾斯旺特爵士和辛格夫人结婚后，他的行为变得越发怪异。'"

"华生，哈比卜说话时，我观察了那个怪物。他大约三英尺半高，可除了手和脚特别小以外，他的身体完全是按照人的比例发育的。他的肌肉格外发达，有着金黄色的光滑皮肤，长着一头蓬乱的黑发。

"'这就是他的武器？'我指着佩佩身边一个看上去像拂尘一样的东西问道。

“‘没错，他隔段时间就会制作一些。他用这个猎杀小动物吃。这些是他收集来的鸟的羽毛。’

“我发现有一个白色的物件藏在羽毛间，那是一根骨头，它的一头被削得极尖，碰一下都能刺破皮肤。

“‘只需在尖儿上涂一点点毒药，猎物就必死无疑了。’

“‘确实如此，’哈比卜说，‘不过我们不会让佩佩碰这种东西的。’

“我确信哈比卜至少短时间内不会再让佩佩逃走了，于是和他作别。我回到波西塔诺的酒店时，两位女士正在焦急地等着我。第二天早上，你的状况已经有所好转了。医生建议你在医院里再静养两天，不要活动。于是，我让女士们回皮恩扎麦斯威尔小姐的住处了，那里比较安全。我向麦斯威尔小姐保证，我和你回罗马后一定和她联系。

“然后，我来到亚历山德里尼别墅，静候贾斯旺特·辛格先生的到来。哈比卜和尼科利尼已经在那儿了。我把晚上发生的事情和你的遭遇告诉了尼科利尼。他的脸上露出了愤怒的神情。

“‘你给我们这里带来了一只怪物！’他对哈比卜说，‘法律将会制裁你的。’

“‘请你做决定之前听听贾斯旺特爵士的话，’哈比卜说，‘我们只是计划出了些岔子。’

“过了不到一小时，别墅前驶来一辆马车，贾斯旺特先生——英国最有权势的人之一——下了车。他个子颇高，大约五十来岁，步态轻盈，举止优雅。他蓄着黑色的胡子，头发剃得干干净净。

"'先生们，发生了这么悲痛的事情，我深表歉意。但愿我们能为已经发生的事做些补救。'

"他请我们到客厅讨论接下来该怎么办，并最终说服了最固执的尼科利尼。

"贾斯旺特说：'如果意大利当局不对佩佩、哈比卜、我和我的家庭进行犯罪指控的话，我会把佩佩带到法、瑞边境一个治疗他暴力倾向和狂躁症的新家，并让他在那里一直住下去，费用由我出。他再也不会进入英国或是意大利了。此外，我准备将亚历山德里尼别墅捐赠给拉维罗的市民，为小镇和附近村庄办一所孤儿院。我妻子和她姐姐只是隐约猜到了佩佩的存在，我希望保持现状。阿门多拉已经向哈比卜表示，一笔可观的费用可以封住他的嘴，治愈他的恐惧。'

"'贾斯旺特爵士，'尼科利尼说，'在意大利，袭击阿门多拉和华生是犯罪行为，我很难做到视而不见。不过，如果华生能原谅你，我就不再追究此事。'

"'我不能再代华生发表意见了。他现在已经恢复了意识，可以自己做决定。你得问他本人。'"福尔摩斯说。

他们来我们住的旅馆找我了。在听了贾斯旺特爵士的恳求后，我答应了他。

第二天早晨，贾斯旺特爵士和哈比卜带着他们奇特的行李去瑞士伯尔尼了。我与福尔摩斯在拉维罗又待了一个星期，然后动身回罗马。他说了很多关于“那个小矮人”的事情——他是这么称呼他的。

在那之后不久，福尔摩斯前往皮恩扎，并在那儿住了几周。那是他和麦斯威尔小姐亲密关系的开始，直到十多年后她在骑马去蒙塔布奇诺酒庄的路上遭遇意外而不幸去世。在她离世时，福尔摩斯陪在她的身旁。过了很久，他才从失去麦斯威尔小姐的悲痛中解脱，重新振作起来，开始新的生活。他从歌德的诗中找到了心灵的慰藉：

可是走在路旁的，那是谁？
他的道路迷入丛林里；
在他的身后，
灌木又合拢，
野草又长起，
寂寥将他吞噬。①

① 出自《冬游哈尔茨山》，译文选自人民文学出版社《歌德文集》第八卷，第112~113页。——译注

犯罪狂热案

1901年春，夏洛克·福尔摩斯收到一封正式信函，通知他被选中前往林琴科学院①——欧洲历史最悠久、最负盛名的科学院之一。当他把装帧精美的聘书递给我时，更是不无得意，难掩喜悦。

“祝贺你，老伙计，你受之无愧。”

“当然，华生，”他自嘲道，“你看到没？信上说，自牛顿以来，我是仅有的三个获此殊荣的英国人之一。”

“信上写道，你将在未来三个月内给林琴科学院做演讲。”指尖扫过信上的字体时，我提醒福尔摩斯。

“没错，”他说，“我已经想好题目了，就叫《犯罪大师》。”

① 林琴科学院：又称猞猁学院，意大利科学院前身，意大利最高学术研究机构，是欧洲历史最悠久的科学院。——译注

那年10月，福尔摩斯全身心地投入到文章的写作中，文章发表后在罗马大受好评。一时间，他因其对犯罪心理的精辟分析而名声大噪。文章中，福尔摩斯认为，普通犯罪几乎完全是社会影响的结果。日常生活中的小偷、海盗、骗子，甚至愤怒的凶手，都是我们所生活的错综复杂的社会的一部分。他们只是社会制度的囚犯，以及它所施加的诸多暴行的受害者。

“犯罪大师则完全不同，他们的心理不受社会影响，通常不被社会关系约束。他们的逻辑对常人来说难以理解，他们不断地制造破坏，试图使一个相互信任的社会沦落为一个充满恐惧和颤栗、失去反抗意识的社会。犯罪大师往往能造成一般人无法想象的重大灾难。”福尔摩斯极富见解地写道，“犯罪与政治密不可分。这是否可以解释为什么犯罪的政客会像暴君那样疯狂呢?”

“然而，犯罪天才却很少见。”一天下午，福尔摩斯在阅读一大堆祝贺信时说。这样的信件我们每天都会收到很多。“事实上，”他笑着说，“我的文章已经招惹到世界各地的犯罪天才们了——他们一共有五个，有三个已经犯下了致命的错误，让我抓住了把柄并将他们送进了监狱。剩下的两个是一对儿相当古怪的夫妇，他们势必会绞尽脑汁除掉我……”

话音未落，福尔摩斯猛地站起来，用尽全力将一个白色的大信封扔到了房间的另一头。

“出什么事了，福尔摩斯?”我心惊胆战地问。

“你知道有种叫‘见血封喉’的毒药吗？这可是人们所能送给别人的最致命的礼物了！它那可以使人想起小豆蔻的淡淡甜味便是最直接的证明。我刚扔到地上的那封信——要是刚才我把它拆开了，让里面的东西散发出来，那么我们客厅周围方圆一公里以内的所有人都会没命。它不是活物，华生，可我们必须得像提防一些可怕的猛兽那样对付它。幸运的是，我知道该怎么做。”

福尔摩斯戴上厚手套，把那封令人厌恶的信放进一个用铅衬里的箱子内——那是他为了应付现在这种情况而事先准备的。他使劲地把盖子盖严，并在箱子得到妥善处置之前，将它放在了沃尔特·斯科特的小说集后面。

“你看，华生，这些信够我看一阵子了，天晓得里面还藏着什么样的危险！或许我该让莱斯特雷德先在苏格兰场的实验室里给它们做一个初步检查，但愿在做完检查后我们大家都还安然无恙。”他一边喃喃地说着一边点上了烟斗。

“可以后我们该怎么办呢？”我关切地问道，“剩下的那两个犯罪天才——正如你称呼他们的那样，肯定会想方设法地置你于死地。为了你的安全起见，我们必须做好防备。”

“没错，我亲爱的伙伴。那封毒信已经表明，他们不杀死我——还有你——是断然不会善罢甘休的。”

我笑着说：“那就让他们试试看。他们是些什么人呢？”

福尔摩斯慢条斯理地抽着烟斗。

“他们是一个奇特的二人组，华生。他们有着极高的犯罪天赋，尽管我有证据证明他们是莫里亚蒂①亲手训练的，但究竟是什么造成了他们的扭曲，原因我也只知一二。他们有数一数二的随从保护，随心所欲地在欧洲横行，他们搜刮了无数的财富，发展了相当大的势力。此前，他们的主要活动舞台都在法国，但现在他们却开始向伦敦渗透了。我确信，那封有毒信件不仅是在向我们宣战，而且也是他们侵入伦敦上流社会的通牒。他们的一个属下曾经两次担任望加锡岛的殖民地官员，对于热带毒药颇为了解。”

“这些罪犯来自哪里呢？他们叫什么？”

“他们分别名叫雷内和珍妮·胡克斯蒙。”

“那他们作案有什么特殊的嗜好吗？”

“他们几乎什么都涉猎。他们收集了世界上数量最大的藏画，其中文艺复兴时期意大利卡拉瓦乔派的作品最多。所有这些藏品现在都被珍藏在他们位于佛罗伦萨附近的恢宏庞大的美第奇宫中，这座金碧辉煌的建筑成了他们的新住所。他们旁听了我在科学院的演讲，被我的言论激怒了。毫不夸张地说，老伙计，很可能我就是他们此次改变行程前往伦敦的原因。”

---

① 莫里亚蒂是一个虚构角色，是柯南·道尔创作的福尔摩斯探案小说系列中的反派人物，为福尔摩斯的主要对手。——译注

“有意思，”我说，“但我不记得你在演讲时提到过他们。”

“我当时不能指名道姓地说，华生——他们当时就坐在第一排，着装优雅得体，还有一名心腹陪伴左右。他们夫妇既聪明又狠毒，对他们罪行的指证总是缺少证据。在没有足够的证据的情况下揭发他们的罪行会受到警方和他们所混迹的半上流社会的怀疑。现在，他们是谁无关紧要，要紧的是不能再让他们为所欲为。对于任何不幸被他们盯上的人来说，他们都是一场无尽的噩梦。”

福尔摩斯翻看着他的剪贴簿。他把所有关于恐怖犯罪的文章剪报都收集在了这个簿子里。

“看这个，华生，这是现有的为数不多的他们的照片之一。”他说着把剪贴簿递给了我。

照片上，女人的个子高出她丈夫很多，她的年龄看上去足足是她丈夫的两倍。

“他们可真是够古怪的，”我说，“除此之外还很丑陋。”

“没错，”福尔摩斯说，“她又高又瘦，苍白得吓人。因为小时候被一位发火的亲戚泼了强酸，她的脸上皱皱巴巴的，布满了疤痕。我总随身携带着她的这张照片。照片上的她看起来不像是人，倒更像是一把高背椅，有木头扶手和椅子腿，还有破破烂烂的装饰。她的丈夫倒是像一个人，但也只是看上去像而已。他是一个十足的胖子，身高只相当于她的一半。他长着一张红扑扑的胖脸，头发半秃，唯一能证明他有思想的东西是那双凶残的灰眼睛。他是个神枪手，无时无刻不携带着武器，却只在作案时用。和所有的犯罪大师一样，胡克斯蒙夫妇总是借他们的一名手下之手实施犯罪。他们俩是团伙的头，负责计划和预谋犯罪，却不亲自行动。这样，他们既保持了形象，又和他们那些龌龊的行径保持了一定的距离。”

福尔摩斯沉默了一会儿，来回踱着步，紧咬着嘴里的烟斗。

“要说他们有什么弱点，倒是有两个。他们在犯罪预谋上十分厉害，可在实施犯罪时却毫无章法，甚至相当疏忽。说穿了，他们准备不周。其次便是他们盲目自大，这是他们犯下的又一个错误。他们让一个剧作家来写剧本，然后将剧本交给导演，由导演雇人表演。明明是亲自构思的整部剧作，这对儿古怪的夫妇却会再购买门票，也就是说，他们会坐在观众席中观赏，就好像这是别人的作品一样。只有在最后，他们才会重新活跃起来，给赃物估值，然后拿走属于自己的那部分——我听说，有时候他们会拿走百分之九十这样的惊人数目。我有一个可以击溃他们的计划，而这个计划需要你来实施。当然，我会负责指挥。”

“这个计划是什么呢，福尔摩斯？”

“首先，你得对外宣布我退休了。你觉得这很可笑？一点儿也不可笑，亲爱的华生。我们都有退休的一天。

即使这时候退休显得过早了些，我还是有必要退出这次战斗。而且，我们想把这对儿怪夫妇除掉，就必须骗过所有人，让他们相信我真的退休了。还记得我们在苏塞克斯住过几周的那间乡下小屋吗？我想，在那里消失一段时间实在是再合适不过了。我记得，它与周围相互隔绝，但离一座诺尔曼时期的废墟——现在里面住着友善的人们——不远。我们今天下午去那边看看它是不是还没人住。上火车后，我会详细地告诉你我的计划。走吧，老伙计，到时候你就会看到我如何消失在伪装之下了。”

那天下午，我们实地考察了那间小屋。房东梅杰·波特告诉我们，这间屋子已经几个月没人住了，并对我们的入住表示欢迎。我们发现，小屋依旧很讨人喜欢，在我们回贝克街前确实是一个不错的落脚之处。我打电话给《泰晤士报》，告诉他们，福尔摩斯已经宣布退休，并从此不再主动调查世界各地的案件。他将把破案的事情交接给警探莱斯特雷德和格里格森，还有苏格兰场其他勇敢的同事们。他在这之后的公开采访中都强调，自己只想养养蜂，把时间花在其他自己感兴趣的事情上，比如欣赏奥兰多·迪·拉索的经文歌。而且，福尔摩斯拒绝对是否撰写回忆录这个问题进行回答。

此后不久，福尔摩斯便住进了苏塞克斯的那间小屋。我与他同行。外界大都忽视了他的这次搬迁，报纸上的报道也只是模糊地认为，他退休后将来往于伦敦和苏塞克斯的某地之间，主要是在苏塞克斯。外交部和苏格兰场都在贝克街安排了便衣警卫，尽管可能显得有些愚蠢，但我感到了前所未有的安全。小屋也安排了一个警卫。除了一次偶然的可疑事件和几次有惊无险的事情——忽然砸落的花盆、市区逃走的马匹——之外，我们都感觉很安全，几乎察觉不到随时随地保护着我们的警卫。

大多数时候，福尔摩斯都在乡间养蜂或拉小提琴。他向我保证，那些可疑事件——当然是胡克斯蒙夫妇的杰作，只会持续几个星期。待他们不再有所行动后，他会立马实施计划的最后部分。他让我耐心等待。他确信，胡克斯蒙夫妇迟早会亮明意图，到那时他定能将他们网打尽。

就这样，短期的一段时间内，世人都忘了夏洛克·福尔摩斯的存在，认为他不会再活跃在打击犯罪的战场上了。伦敦和罗马的黑社会已不用再畏惧他。我从莱斯特雷德那儿得到消息，现在年纪轻点儿的犯罪分子甚至从未听说过福尔摩斯的名字，而从他退休到现在只过了几个月而已。

我时常去拜访福尔摩斯，我们两人常一起在苏塞克斯寂静而茂密的树林中久久地散着步。福尔摩斯总会给我一张写有他所需要的期刊名称的单子，我回到城里后，总是尽我所能地把它们搜罗到。通过这些期刊，福尔摩斯同苏格兰场以及他曾经居住、工作了那么多年的外面的世界保持着联系。然而，让我紧张的是，他仍会频繁地回伦敦帮助警方解决一些棘手的案件，不过只有莱斯特雷德知道这些动向。福尔摩斯所谓的“退休生活”就这样平淡地继续着，他的思维越发敏锐了。

我们散步时，福尔摩斯多次说过他对付胡克斯蒙夫妇的计划，然而直到他在苏塞克斯待了差不多六个月，他才把计划详情透露给我。那段时间，他常常长时间地不见踪影。在这期间他干了什么，去了哪里，他对我闭口不提。

“耐心点儿，”他柔声说道，“该行动了，老伙计。我刚从我的眼线那儿得知，胡克斯蒙夫妇已经前往意大利了。我听说，他们的手下正在肆意盗取他们最近在锡巴里斯①——一座曾因富饶而闻名于世的古城——新发现的宝藏。他们打算搬空锡巴里斯城里一切能搬走的东西，然后再把它们卖给出价最高的买家。胡克斯蒙一伙尽其所能关闭了古城遗址。雷内成功地当上了负责古迹挖掘的副主管。到了晚上，这对怪夫妇就会让他们的手下挖掘宝物，然后把战利品运往卢卡尼亚的一个小镇，并在那里将宝物精心包装，估价待售。那两个贪婪的人正狂喜地穿越于欧美最富有的城市之间。那些战利品会怎么样呢？锡巴里斯现在已经被卖得连碎片都不剩了。

① 锡巴里斯（Sybaris）：意大利南部的一座古城，位于塔兰托海湾，曾因为富饶与奢靡而闻名，公元前510年在战争中被毁。——译注

“到了意大利，他们会把赃物用船运到摩洛哥海岸，并在那里和他们的潜在买家碰面——八成是个美国人。他已经将怪夫妇的一名心腹任命为美国驻丹吉尔公使馆公使。公使馆的外交地位等同于大使馆，宝物一旦进了公使馆，我们可就鞭长莫及了。”

尽管福尔摩斯以一种叙述的口吻说着，可我却能感觉到他内心的愤怒。

“今天你回贝克街，不用来苏塞克斯了。我雇了两个演员来扮演我们。他们会像我们平时那样在伦敦和我们的小屋之间往返。他们精于模仿，甚至能骗过哈德森太太的眼睛。看外面，老伙计，告诉我你看到了什么？”说着，他指向窗外。

我向窗外看去，十分震惊：“福尔摩斯”和“我”正慢慢地走向屋子。

“我都不敢确信他们是谁了，福尔摩斯。他们模仿得可真是像极了。”

“本该让你见见他们的，不过现在没时间了。这封信里写着给你的指示。你先记下来，一到贝克街就把它销毁。明天早上 8 点，你必须出现在伦敦到罗马的火车上。旅途中，你要穿着英国修道士的服装，用奥多里克修道士这个假名。你伪装用的道具在这个手提箱里面。你此次旅行所有要用到的东西都在里面了。你在火车上不要和任何人说话，专心读你的拉丁祷文。我相信你可以读得像模像样。”

“那你去哪儿呢?”我问。

“不远，老兄，至少暂时不会太远。不要担心。如果我的预计没错，那对儿怪夫妇的团伙不会注意到你。别忘了，他们的目标是我，不是你，可我现在只是一个生活在苏塞克斯的退休养蜂人。带着手提箱回贝克街，华生。不久你就可以到家了，老伙计。如果一切顺利的话，我们再次见面时，人类社会已经摆脱这对儿怪夫妇了。”

我按照福尔摩斯的指示回到了贝克街。

他的信言简意赅:

> 5月23日中午12点在I Sassi 24号和我碰面。带上武器。通知格里马尔迪。

看了他的信，我有些摸不着头脑，想不出“I Sassi”是什么意思，但我马上在福尔摩斯的提示中找到了答案。这个词的意思是“岩石”，是指意大利马泰拉镇悬崖边凿刻的古老石洞。我觉得在这个地方碰面很奇怪，但他在信上就是这么写的。看完他的信我十分紧张，心想，他为什么选一个这么偏僻的地方呢?显然，那对儿怪夫妇大老远从伦敦赶来一定有他们非这么做不可的理由。这时，我想起了福尔摩斯之前提到的锡巴里斯古城。那天早上，我按照计划准时出发了。在罗马与格里马尔迪碰面后，我告诉了他大致的情况，然后前往马泰拉。火车驶过卢卡尼亚的首都波坦察以后，沿路风景漂亮极了，绵延数英里的金黄色的麦田以及意大利南部崎岖的山脉一直伸向远方。

我在 23 号中午前抵达了马泰拉。

我步行到铁路酒店，希望能在我们计划的碰面时间之前见到福尔摩斯。可是我知道，一旦他制订好计划并开始执行，除非万不得已，否则计划不会有变动。福尔摩斯总爱说，他的计划考虑得万无一失，必须严格执行，任何变动都可能是致命的。

我继续扮演着英国修道士的角色，用不流利的法语在酒店前台询问石洞区 24 号在什么地方。前台的女服务员给了我一张地图后，我出发了。

石洞区 24 号并不远。我一到那儿就看到了其声名远扬的景致。石洞区有一座巨大的山崖，上面有不计其数的岩洞。这些岩洞究竟是人开凿的还是大自然的杰作，我不得而知。24 号有扇大木门，我到的时候门开了。一位老妇人站在那儿，说着当地方言，听上去一点儿也不像我在罗马已经听习惯了的口音。

“Benga inda，caru fradu miu，lamigo sta inda la casa ncoppa。”她边说边拉着我走进大门。上楼时，黑暗中，我看到了一个熟悉的身影。

“干得好，华生，你准时到了。来吧，我们没有可以浪费的时间了。我们必须在一个小时之内和格里马尔迪碰头。”福尔摩斯也装扮成了修道士的模样。“这身伪装据我所知是效果最好的。那对儿怪夫妇在当地餐馆用餐时，我和他们只有几步之遥，而他们却没有认出我——直到我向他们表明了身份。发现我对他们的计划知根知底后，他们大吃一惊。我们走吧，老伙计，去会会那对儿怪夫妇。”

出门后，福尔摩斯雇了一辆马车，告诉车夫去马尔西科村，然后我们便出发了。胡克斯蒙夫妇决定在这个偏远的村庄接收那晚他们从锡巴里斯古城转移过来的宝藏，也正是在这个意大利的偏远角落，福尔摩斯度过了他从苏塞克斯失踪的那些日子。

沿着泥泞的道路向东走了大约二十分钟后，我们到了村边，马车过不去了。马尔西科村位于一座矮山上，通向村庄的路陡峭难行。我们走近后发现，村庄的大部已经成为废墟。福尔摩斯告诉我，几个月前这里发生了一场大地震，中央广场和教堂成了一片瓦砾，只剩下一些低矮的楼房。福尔摩斯带我走进他这几个月来的住所。这是一个很普通的小石屋，屋前有个花园，除此之外，它和其他的石屋毫无二致。

“当心别踩到那些花，华生，它们可是我的心头宝贝。”

屋子里除了几把椅子和一张小桌子外别无它物。我正准备把身后的门带上，我们的朋友格里马尔迪走了进来。

“他们已经出发了，福尔摩斯。他们把宝物都藏在了隔壁的屋子里。一切按照他们的计划进行着。他们估计明天一早就能到莱切，然后乘船去突尼斯。我们必须阻止他们——要么在这儿，要么在莱切。”

“我们三个对付他们五个?”

“增援的人一小时内赶到。”格里马尔迪说。

“那让我换上农夫的衣服，是我从房东那儿借来的。这种伪装唬不了他们多久。不过如果一切顺利，我用不了太多时间。”

福尔摩斯坐在门外的一把旧长凳上，点上了他的意式烟斗。暮色初抚村庄，我和格里马尔迪坐在屋里静候。日落时分，我们听到了马蹄声和马车的车轮声，声音由远及近——他们来了。

我和格里马尔迪透过窗户看到，福尔摩斯仍坐在长凳上，凝视着我们从山下上来时走的小径。

三个男人下了马，其中一个打开马车的门。怪夫妇跳下马车，迅速环顾了一下四周，如同两头被关久了的野兽嗅了嗅空中的气味，然后向山坡上走来。他们离我们很近，我们甚至能听到他们说话的声音。

“你们把东西都放哪儿了?”雷内问道。

“在那儿，最大的那间房子里，”他的手下回答，“坐在那里的那个老农夫边上那间。那个老人叫巴塔利亚，是地震后唯一搬回来住的居民。他不碍事，我们已经用钱买通了他。”

“彼得，你可比我想的要蠢多了，”珍妮说，“还好我们有备而来。”

她转身面朝老人，打招呼道：

“你好啊，福尔摩斯，我们候你多时了。撤走你的人，还有那些屋里的家伙。你的手下有枪，可我们有这个，这东西足以杀死我们所有人。”

她从提包中拿出一个白色的大信封，撕开了封条。

“得了吧，我亲爱的珍妮。我们只有三个人，怎么敌得过你们五个人？如果你把这些毒药撒开，你们俩和你们的手下也难逃一死。我敢说——”福尔摩斯从口中拿开烟斗，“你们不是专门跑到这么远的地方来送死的。你们是想冒险证明你们的勇气吗？我们是不是该尊称你们‘犯罪大师’呢？杀了我和华生，没了和你们实力相当的对手，你们拿什么来证明自己的强大呢？来吧，我带你去看看你们的战利品。全都在这儿，每一件石器、陶器都摆得整整齐齐。不得不说，你的手下活干得非常漂亮。”

夫妇两人走向另一间屋子，打开门，眼前的宝物让他们狂喜得啧啧出声。

他们回到福尔摩斯身旁。

“谢谢你为我们守着这些宝物。还有藏在巴塔利亚先生屋子里的那两位，欢迎入伙。”

我和格里马尔迪从屋里走出来，站在福尔摩斯身旁。

珍妮·胡克斯蒙怔住了。她以为已经死了的三个人此时就站在她面前。

“真是遗憾，亲爱的夏洛克，看来我们不能让你和你的朋友加入了。你选择了错误的一边。现在你想后悔也来不及了。”

“那可不一定，亲爱的雷内和珍妮。有谁能猜到这个变化莫测的世界下一秒会发生什么呢?”

说时迟，那时快，福尔摩斯突然疯了似的跳起来，猛踩他种的那些花。

雷内把枪指向福尔摩斯，可已经迟了。

“快！快进屋！你们俩!”福尔摩斯叫道。

一种奇怪的声音充斥于耳，像是无数只昆虫拍打着翅膀。透过窗户，我看到怪夫妇和他们的三个手下被黑压压的卢卡尼亚当地的大胡蜂包围了。他们尖叫着，先是跪在了地上，然后倒下不动了。

我惊恐地看着花丛中没了动静的尸体。

“福尔摩斯，”我叫道，“他们都死了。”

“是的，华生，他们都死了，对此我深感遗憾。我对付他们的计划每一步都相当成功。这种胡蜂是澳大利亚的一个稀有品种，能喷出一种可以置人于死地的致命酸液。我应该授予它们卢卡尼亚胡蜂勇士的称号，当然，只是开玩笑。格里马尔迪，我相信，你叫来的人已经在路上了，剩下的事可以交给他们处置——啊，我们的车夫已经在等着了。走吧，华生，老伙计，我觉得是时候回英格兰了，也许在那儿我们会觉得生活过得容易些。”

当晚，我与福尔摩斯一同回到了马泰拉镇。第二天早上，我们就在回罗马的路上了。直到我们抵达伦敦之前，福尔摩斯都没怎么说过话。回到伦敦后，他像是自言自语地小声说出了一句千古名言：多行不义必自毙。

悲鸣的上校

1898年4月下旬的一天，天气热得不得了。下面要提到的故事就是在那天开始引起我注意的。那天，福尔摩斯留便条说，他去干道夫城堡处理一件不怎么要紧的事，下午才能回来。我闲来无事，便决定好好享受一下清闲的晨间时光，在波勒兹别墅附近散步。我花了大半个小时在博物馆欣赏了卡诺瓦创作的著名的《雷卡米埃夫人像》。散完步，我坐在罗马松树荫下的长椅上，十分惬意地打量着来来往往的形形色色的罗马人。然后，我又在帕莱斯特里纳村庄我最喜欢的一家餐馆里吃了一顿清淡的午餐。中午快2点的时候，我回到了我们的住处。

闹市已经随着午睡时间的到来而安静了下来，午后使人恢复体力的小睡带有鲜明的意大利生活色彩。感受着罗马空气中弥漫的甜腻而令人昏昏欲睡的气息，喝了几杯冰弗拉斯卡蒂酒后，我也情不自禁地犯起了困。我回到住处，上楼时，看到一个姑娘匆匆跑下楼梯。

“恕我冒昧，请问您是夏洛克·福尔摩斯先生吗？”她用英语问。

“不，我不是，”我答道，“我是他的朋友。他不在吗？”

“房东太太让我敲门试试看，可没有人应答。”

“嗨，华生，谁来了？”一个声音突然从楼下传来。

我转头看向福尔摩斯。他的脸上洋溢着笑容，显然对此行的结果很满意。

“这位年轻的女士找你，福尔摩斯。”

“那我们一起上楼吧。我相信，曼弗雷迪尼夫人会给我们备好茶的。”

姑娘宽慰地笑了，随即转身上楼。

我把她领到了我们的客厅里。

“我猜你是英国人吧？”福尔摩斯问。

“没错，”她说，“我来自伦敦。”

当她从我们的房东太太手中接过茶时，我打量了她一会儿。她年纪很轻，应该最多不过二十二三岁。她称得上漂亮，穿着深蓝色连衣裙，栗色的头发上戴着一顶草黄色意大利无边帽。她那蓝色的眼睛里透着一股力量和坚定。但她看起来十分紧张，手指神经质地在腿上挪动着，而后又去捻弄她脖子上挂着的一个银质小盒。

“我来找你是为了一件对我来说至关重要的事情，福尔摩斯先生。我会对你坦诚相告。我相信，这位先生是值得信任的，就像——”

“就像我一样，一点儿没错。这位是我的同事，华生医生。你可以像对我一样将这件事对他坦诚相告。你是一位钢琴家，我说得没错吧?”

福尔摩斯又开始玩起了他的小把戏，而我则明显地感受到了这位姑娘的困惑。

“确实，我是钢琴家。可你是怎么知道的呢?”

“这并不难。当你坐下来的时候，我注意到你的包里装着一本乐谱。我看到乐谱的封面上有‘ven’几个字母，猜想应该是贝多芬的名字①。从谱子的厚度和它精美的装帧来看，我能肯定那是他的一本奏鸣曲谱，这对钢琴家来说是再寻常不过的东西了。另外，从你的姿势可以看出，你经常长时间地弹奏钢琴，而且你有灵活的双手和手指。”

“你可真是名不虚传啊!”她不由得赞叹道。

“我还没说完呢，亲爱的女士。你练习一首曲子经常到废寝忘食的地步——那就是安东·鲁宾斯坦②的《D小调钢琴协奏曲》。”

听到这些，她的脸上掠过一丝怀疑，甚至有些怒气

---

① 贝多芬德语原名 Beethoven，最后三个字母为“ven”。——译注

② 安东·鲁宾斯坦 (Anton Rubinstein)：俄罗斯犹太裔音乐家、作曲家、钢琴家。——译注

了：“这不公平，福尔摩斯先生。你都说对了。我觉得有人告诉过你关于我的事情，我不知道他们是出于什么目的，但我怀疑你是在唬我。”

“是我失礼了。”福尔摩斯笑道，“我可以向你保证，从未有任何人和我提起过你——我甚至连你的名字是什么都不知道呢——对我来说线索实在太明显了，所以老是忘了向未经训练的人解释这些有多神奇。主要原因是，我对人的手颇有研究。由于我们在工作和劳动中都要用到手，它甚至比脸更能透露一个人的生活。刚刚曼弗雷迪尼夫人给你沏茶时，我观察到你的手不自觉地落到了膝盖上，而后你在把弄项链时，手指拉伸作弹琴状。看到你的手指跨度，尤其是拇指和食指间的跨度，我几乎可以肯定，你演奏的是D小调和弦。你的手指运动的节奏让我联想到了在当今欧洲钢琴家中风靡一时的鲁宾斯坦作品的旋律和节奏。不过现在请告诉我你的芳名以及你到这里来有什么事。”

听了福尔摩斯的解释，这位姑娘松了一口气，说道：“你可真是令人惊叹，福尔摩斯先生。你刚刚讲的这些例子我不会轻易忘记。但愿它们能够帮到我。我叫爱丽丝·莫雷尔，是一名音乐家。我在伦敦的皇家音乐学院接受训练，并被选上参加不久将在罗马举行的由圣塞西莉亚学院主办的钢琴大赛。”

“这可是很高的荣誉。”福尔摩斯说，“但同时我想，这也是让人十分烦恼的。”

“确实让我十分头疼，福尔摩斯先生。这意味着整天的练琴，几乎没时间睡觉。每当我想起裁判们都是世界顶尖钢琴家时，我就被焦虑感淹没。鲁宾斯坦将亲临现场。获胜者可以在他身边学习一年。可我听说，布索尼和西奥多·雷池狄斯基①也会参赛。”

“我明白了。”福尔摩斯说，“可是，虽然这件事对你的刺激很大，真正让你焦虑的却另有其因吧？能告诉我们吗？”

“我来说明一下是怎么回事吧。两个月前，我在伦敦的预赛中获胜，然后去了意大利，我打算在接下来的三个月里好好准备今年8月底的比赛。我的负责人明确地告诉我说，我的表现将关系到国家荣誉，因为我们国家并不以音乐闻名于欧洲和美国。”

“这倒是真的，外界并不认为我们英国人精通音乐。从某种程度上来说这种观点不无公正，可从另一个方面来看也不是十分正确的。请继续说下去，莫雷尔小姐。”

“我一到罗马，就受到了英国副领事赫伯特·斯宾塞的接见，他帮我找地方住了下来，同时也为我找了一架合适的钢琴用于练习。通过音乐学院的人，他帮我在艾吉奥街找到了一所公寓，离克雷申奇奥大街不远。那是一套设施齐全的公寓，我还听说，它是桑托罗上校——

① 布索尼（Busoni）和西奥多·雷池狄斯基（Theodor Leszhitisky）：两人均为当时著名的钢琴家。——译注

一个在意大利小有名气并在最近刚刚退休的军人——名下的房产。我们第一次见面时，桑托罗上校带我参观了公寓，他看起来和善而友好。尽管由于阿杜瓦战役①的惨败，我对意大利军队失望透顶，却觉得桑托罗是军队中为数不多的英雄人物，他向我展示了他的不少照片，还有他获得的许多勋章。公寓里摆设着从喀尔巴阡山脉运来的笨重木家具，它们完全不合我的品位，可我并不介意。看到书房里有一架大三角钢琴，我喜出望外。他说，钢琴本来是他为女儿准备的，但她几乎没有用过。那架从奥地利的格拉兹进口的钢琴正是我想要的。轻按琴键，我听到的琴音可谓珠圆玉润。音乐出版商圣齐奥先生没有把那架钢琴卖给外国权贵，而是将它借给了我。斯宾塞先生待我很好，我对他和上校也充满感激。这个小盒子就是斯宾塞先生给我的幸运护身符。”

“一枚玛丽娅·特蕾莎女王银币，如果我没弄错的话。”福尔摩斯说，“能给我看看吗？”

她递过盒子。福尔摩斯仔细检查着小盒子，莫雷尔小姐则继续讲述她的故事。

“这是我在意大利奇遇的开始。当时，我满怀激情地每天长时间地刻苦练习。我心里明白，如果我的演奏保持这个水平，应该有机会在比赛中拿第一名。可是接着，

① 阿杜瓦战役：发生在1896年3月1日，埃塞俄比亚将意大利彻底打败。——译注

幸运女神不再眷顾我了。”

泪水浸湿了她的眼眶。她从包里拿出了一块手帕，然而仍保持着镇定。

福尔摩斯柔声安慰她：“请接着说下去，莫雷尔小姐，我们会帮助你的。”

“请原谅我的失态，福尔摩斯先生。这就像一场噩梦一样，也许只有音乐家才能够理解。”

“确实，”福尔摩斯说，“我能体会到音乐生涯给人带来的束缚。我勉强称得上是个小提琴家，深知这类职业的压力。”

莫雷尔小姐苍白无力地一笑，然后继续讲述她的遭遇：

“大约十天前的一天早上，在长时间练琴后，我去一个离台伯河不远的广场散步。我去了一个小时便回来了，连外套都没换掉就迫不及待地坐到钢琴前。可突然间我这位心爱的朋友变样了。钢琴严重走调，中音域有一半琴键卡住了。我大惑不解地打开顶盖，想看看到底出了什么问题。福尔摩斯先生，和大多数钢琴家一样，我对钢琴的基本构造几乎一无所知。我并没有看出什么问题。在接下来的半天里，我都在找钢琴调音师。那天晚上，桑托罗上校终于找来了一位调音师，为钢琴校了音。他把钢琴出现的问题归咎于温度变化，然后就离开了。

“之后的两天，我一直都在练琴，生怕我一出门会再一次遇到钢琴不能弹奏的事。然而有一天，我从音乐学院回来时，发现两根琴弦断了。调音师给钢琴换上了新的弦，并说，那些弦看样子像是被人剪断的。”

福尔摩斯饶有兴致地听着姑娘的故事，表情渐渐地严肃起来。他探身过去，将小盒还给她，接着用手帕擦了擦手。

“请说下去吧，莫雷尔小姐。”他柔声地说。

“调音师走后，我刚坐下弹了一会儿琴，就被一阵敲门声打断了。我打开门。门外是一位衣着讲究的老妇人，一位年轻人陪伴在旁。

“‘打扰了，’她用意大利语说，‘我是桑托罗太太，这位是我的律师乔治。’

“我听懂了她说的话，但还是尽可能清晰地告诉她，我会讲的意大利语少得可怜。于是，她转用英语结结巴巴地说了下去。我请他们进了屋。桑托罗太太说明了他们此次造访的目的：她和上校的夫妻缘分已尽，然而目前两人没有离婚，只是分居，因为在意大利离婚是不可能的①。法院把那栋房子判给了她。上校可以住在里面，但不能把它租给任何人。她告诉我，我将被传唤，并被要求作为证人出庭作证，证明上校违反了他们的协议。她和她的律师向我解释说，他们对我并无恶意，但我必须马上搬走，越快越好。她还提出要看一下上校给我练

① 当时，意大利作为天主教国家，教会把婚姻定为圣事，因此不承认离婚，但承认分居。——译注

习用的钢琴。她在钢琴旁边走来走去时，突然暴怒起来，接着气冲冲地走了出去，大声说，那架钢琴也是她的。律师给了我一张看上去像是传票的东西，然后离开了。

“差不多一个小时后，上校出现在了门口。他一进门就跪在了地上，哭泣着恳求我。如果我没理解错的话，他的意思是，如果我在法庭上作证指认他，他将身败名裂。

“‘求你了，’他哭喊着，眼泪簌簌地从两颊落下，‘尽快离开吧。我会帮你的。’

“我告诉他，我绝不会在法庭上指认他，而且我会再逗留几个礼拜。尽管眼泪并没有止住，他还是同意让我再多住一段时间。然而，我意识到，我可能犯了一个严重的错误。在他走后，我尽力平复自己的心情。我已经精疲力竭了，于是决定早点儿休息。”

福尔摩斯为莫雷尔小姐续上茶，示意她继续。

“第二天，事态变得更糟。我起床后走进客厅，却发现上校在窗边的地板上熟睡着。我被吓得叫出了声，他突然醒了，又开始撕心裂肺地哀号起来，并为贸然闯入我的住处请求我的原谅。

“我对于他突如其来的造访仍惊魂未定，于是请求他离开。这次，他没再眼泪汪汪地跪下求我，而是爽快地走了。

“他走后，我走进书房，刚在钢琴前坐下，就意识到又有什么东西出了严重问题。我打开琴盖，看到琴键被破坏了，好几个琴槌也断了。现在这架钢琴不能用了，也许以后再也不能用了。”

随着莫雷尔小姐的叙述，福尔摩斯脸上的表情从最初的亲切转向担忧。

“请继续说，莫雷尔小姐，”他表情严肃地说，“你的经历可比我一开始以为的要精彩多了，而情况也要危险得多。”

“剩下要讲的不多了……不过我在房间的角落里发现了这些东西。”

她从包里拿出了三个琴槌，把它们交给了福尔摩斯。

“出门时，我在书房的门后找到了这些。它们彻底坏了。”她说。

“确实坏了，毛毡被拆掉了。莫雷尔小姐，我非常愿意帮助你，不过你得听我一句直言，不要再回公寓了。曼弗雷迪尼夫人这里有很多空房间。我建议你选一间住下来，另找一架钢琴搬进房间。与此同时，一刻也不能耽搁了。我现在想立即去你的公寓看看。如果你信得过我们，我们会让曼弗雷迪尼夫人的一名女佣去帮你收拾行李。”

莫雷尔小姐欣然同意了这个方案。得知不用再回公寓住，她似乎彻底放心了，连忙把钥匙递给了福尔摩斯。我们出门时，她正在曼弗雷迪尼夫人的陪同下挑选要住的房间。玛利亚——一名从阿布鲁齐来的结实的女佣，和我们一起出发了。

“最后再问一件事情，莫雷尔小姐。我们怎么才能找到桑托罗上校?”

“斯宾塞先生和他很熟，他应该能够帮你。”她回答道。

克雷申奇奥大街并不远，然而，春雨为街道添了几分泥泞，来来往往的马车在路上留下深深的车辙。当我们的马车到达艾吉奥街时，时间已过去了一个多小时。接着，我们进了27号楼的大厅，来到了“内12号”，也就是12号公寓。

“华生，你和女佣一起待在这儿。我想自己先进去看一下，以确保没有什么不幸的事情发生。”

我和女佣退后，让福尔摩斯进门。我在昏暗里看到，我们进入的是一所设施齐全的公寓，似乎没有什么不对劲的地方。突然，我发现一个看上去像是穿着军装的人，正跪在地上，手臂的姿势就像是在可怜巴巴地乞求某位看不见的神明。他的脖子上系着一根从天花板吊下来的长长的绳子。这个人看起来已经死了，随着长绳微微打转。

福尔摩斯冲上前，把绳子剪断，把他放下来，然后笑了。

“真是聪明啊，华生，嗯?”

我冲上前，希望那个人还有生命体征。

他指着两个塞在军装里的枕头咧开嘴笑了，正是它们使整个物体乍看上去像一个体格十分健壮的人。绳子系在大衣的领子后面，绑在充当头部的一大团白色毛球下。毛球上戴着一顶军帽。

福尔摩斯走进卧室，看到莫雷尔小姐曾经饱含激情弹过的钢琴的腿被拆了下来，钢琴摆在地上，琴腿散落在角落里。

“天哪，福尔摩斯，”我说，“这可真是疯了。”

“确实如此，亲爱的华生，还有些神秘。”

趁着天色尚未完全暗下来，福尔摩斯快速地搜查了一遍公寓。

“华生，吊人偶的线是由钢琴的低音A弦和一根C弦接在一起的。枕头是从卧室拿的。而如果我对肩章的判断没错的话，军装是一个意大利军队上校的。我们把它们放回原处吧。”

“可怜的莫雷尔小姐，这样做的意图是要把她吓得魂不附体。”想起我们无辜的委托人，我说。

“确实，这样会使她受到惊吓。我认为，它被放在那儿不是要给莫雷尔小姐看，而是要给上校看。这是一个不祥的警告。”福尔摩斯环视了一遍房间，问道，“华生，你有力气帮我把钢琴腿装上，然后把它立在那里吗？”

“当然，这应该很容易。”

“那让我们把琴腿搬过来，看看我们能不能装好。”

我们花了很大的力气将钢琴的一端抬起，把两条琴腿装到原本的位置，然后把钢琴的另一端抬起，装上琴腿，然后拧上了螺丝。

“现在让我们看看这架钢琴到底有什么不同。”他说着打开了琴盖。

“一架制作精美的钢琴，”我说，“到底为何有人想要毁坏它呢?”

“亲爱的华生，当我们弄明白这些时，我们就能解开这个小秘密了……啊，快看这里，相当有趣。”

福尔摩斯拿出了一把尺子，测量琴箱的边长。

“足足深了三英寸……”他喃喃自语道，边说边趴到钢琴的下方，检查响板。

“有不少粉末，华生。很有意思。走吧，我们去拜访一下圣齐奥众议员，全意大利的钢琴供应商。还有时间在领事馆停一下，和斯宾塞先生见个面。”

福尔摩斯盯着桑托罗的书桌上的一张照片。

“三个人——莫雷尔小姐、桑托罗上校，还有一个应该是赫伯特·斯宾塞先生了。真奇怪，不是吗，亲爱的华生?这个英国人竟然会和一位名人①用同样的名字?这在以前发生过吗?”

“发生过，”我说，“有个叫威灵顿的人曾经冒充威

① 赫伯特·斯宾塞（1820.4.27～1903.12.8）：英国社会学家、哲学家，被誉为“社会达尔文主义之父”。——译注

灵顿公爵①的儿子。那家伙不是个好人。”

福尔摩斯一言不发，用手帕擦掉手上的灰尘，然后我们就出发了，前往英国领事馆和我们的副领事见面。

福尔摩斯进了领事馆，不一会儿就出来了。

“正如我猜的那样，华生，领事馆里没有叫赫伯特·斯宾塞的人。那个职位已经空了好几个月了。这位‘斯宾塞’先生，不管他是谁，都是一个谎话连篇的骗子。希望我们能够早点儿追上他。”

福尔摩斯说话时，我安静地听他讲。我对圣齐奥这家不但涉及钢琴制造和供应，而且还是欧洲最大的音乐出版商的公司一无所知。

“这真是一个不同寻常的案子，福尔摩斯。”最后我说，“我得说，我相当困惑。上校的假死、毁坏的钢琴……这一切都是为了什么呢？”

“老伙计，我虽然有一些头绪，但还不甚明了。”

福尔摩斯不再说话，哼起了一支我说不上名字的小曲。

“是普契尼，华生，《波希米亚人》的第三幕。”

“没听说过他。”我回答道。

福尔摩斯笑了。

---

① 威灵顿公爵（Arthur Wellesley，1769.5.1～1852.9.14）：拿破仑战争时期英国著名将领，第21位英国首相。——译注

我们到了圣齐奥公司时，福尔摩斯说：

“华生，要是没有圣齐奥，意大利将没有音乐，尤其是没有新式音乐。雷昂卡瓦罗、普契尼、马斯卡尼，还有其他很多人，都应该向阿米家雷·圣齐奥对他们作品的支持和热衷报以由衷的赞美。”

“我对意大利歌剧一无所知，我亲爱的福尔摩斯。”我说，“亲爱的朋友，我对音乐一窍不通。按照他们的说法，我是个没有乐感的人。”

“你在这里将会学到点儿。顺便提一句，老伙计，现在我能肯定，这个案子和歌剧、音乐或是钢琴都没关系，一切纯属巧合。现在我们已经到圣齐奥公司了。走吧，让我们认识一下欧洲最伟大的出版商之一。”

圣齐奥公司位于离威尼斯广场不远的一座华丽的宫殿中。阿里戈·圣齐奥是一位五十岁上下的高个子的俊美男子，他用意大利语热情地和我们打招呼，但当他意识到我对他的语言一窍不通时，改口说起了法语。

“请原谅我，医生，因为我们意大利人几乎不会说英语。”

“我们英国人对外语相当抵触，法语是我们唯一懂的外语。”

“除了我们殖民地的本土语言外。”福尔摩斯讽刺道。

“我们意大利人在建立殖民帝国上晚了一步，亲爱的医生，不过或许有一天我们将在地中海地区建立新的帝国，重现古罗马时期的繁荣景象。好了，这个话题到此为止。你们来这里是为了莫雷尔小姐和她的钢琴吧？”

“是的，没错。不过最重要的是，我有些问题想问你，也许你能为我们解答。”福尔摩斯说。

“请说吧，先生。”圣齐奥说。

“莫雷尔小姐获赠了一架豪馨钢琴，我猜它大概是奥地利产的。我承认，我对钢琴一无所知。你能给我们讲讲贵公司的历史吗？”

“正如莫雷尔小姐所说，豪馨钢琴是一种性能优良的乐器，我甚至可以称它是迄今为止制作最精良的钢琴。公司是新建的，每年生产的这种钢琴的数量十分有限，也就二十到三十架。我们必须费不少劲才能拿到我们的那几架。公司现在为桑托罗上校的妻子——布达佩斯的男爵夫人霍瓦特所拥有，她将她父亲创立的小公司打造成了一个乐器制造巨人。我们竞争对手的出价有时会高得令人匪夷所思。我今年收到了一张订购二十架三角钢琴的订单，全部发往埃及。我现在很高兴地告诉你们，豪馨钢琴厂的负责人已经同意供应这批货了。现在我们几乎把所有的钢琴都买下了。”

“这不是很奇怪吗？”福尔摩斯不无怀疑地问道，“谁会订购二十架钢琴呢？”

圣齐奥笑了笑，然后说：“是埃及总督。威尔第的《阿伊达》大获成功以来，总督决定将开罗打造成世界上首屈一指的音乐之城。福尔摩斯先生，不巧的是，其中的一架钢琴被误送给了莫雷尔小姐作为练习用的钢琴。我的调音师告诉我说，钢琴遭到了严重的破坏，这也许是我们的竞争对手干的，也许是她的竞争对手干的。不管怎样，你们都不用担心，我已经给莫雷尔小姐送去了一架相当不错的钢琴，以供她使用。为了对给她造成的不便表示歉意，我相当于是把钢琴免费赠予了她，她想用多久就可以用多久。那架钢琴是布鲁兹纳牌的，由李斯特本人亲自设计并使用过。"

"真是太感谢你了。先生，能否告诉我，你们的豪馨钢琴是通过什么路径运往开罗的呢？"

"先通过铁路运到莱切，再由埃及政府的船运往开罗。"

"它们从这里运出之前会接受检查吗？"福尔摩斯问。

"我负责最终检查，如果我不在罗马，由你们的副领事，也就是赫伯特·斯宾塞会负责。他对音乐很有见地，代表贵国政府驻在开罗。他在职期间对我们非常友善。"

"他现在在哪儿？我希望能见见他。"福尔摩斯说。

"他带着给埃及总督的第一批货物去莱切了，十五架三角钢琴，都是豪馨钢琴厂按照最高标准生产的，是目前欧洲质量上乘的钢琴。他回来后我会介绍你们认识认识。"

"非常感谢，圣齐奥先生。"福尔摩斯说，"我最后还有一个请求。"

“请说。”圣齐奥说。

“另外那五架准备运往埃及的钢琴在哪儿?”

“它们在这栋大楼的地下室里。”圣齐奥答道。

“你能让我检查一下那些钢琴吗?”

“检查?可以是可以。但你想找什么呢，福尔摩斯先生?”

“其实，我对豪馨钢琴厂的工艺很感兴趣。”

圣齐奥打了个响指，立即有一个约莫十岁的小男孩儿出现在我们面前。

“这是帕斯夸尼洛，”圣齐奥说，“由他带你们去乐器室。不早了，福尔摩斯先生，我还有很多事要做。”

“感谢你的耐心讲解，先生。我很快就好。”

我和福尔摩斯跟着男孩儿来到昏暗的地下室，来到将要被运往埃及的钢琴前。福尔摩斯一刻也没有耽搁，贴在地上，在几架钢琴间匍匐前进，时而发出咯咯的笑声，时而发出自鸣得意的大笑。

“华生，帮我把这个记下来好吗?豪馨序列号：178—1803。”

“这些号码是什么，福尔摩斯?”我问道。

“它们告诉我们，为了储存埃及总督的宝物，哪些钢琴被改造了。我只做了粗略的检查，不过我可以告诉你，华生，其中一架钢琴夹带了一笔数目巨大的十英镑面值纸钞。它们是高仿的假钞，在埃及没人能发现其中的差异，也没人会在意。剩下的钢琴里装着一袋袋奥地利的玛丽娅·特蕾莎女王银币——这种银币在那些在阿杜瓦战役中打败意大利军队的埃塞俄比亚士兵中有着很高的币值。最后，亲爱的华生，你看到那边角落里那些特大号的三角钢琴了吗？里面装的是最新式的萨尔茨堡步枪，是目前欧洲同类型步枪中最精准的武器。”

“天哪，福尔摩斯，”我说，“光是这些钢琴就值一大笔钱了。里面装的货物价值多少呢？”

“老伙计，我估计远不止两百万，可能有三百万英镑，足够发动一场旷日持久的战争了。这些钢琴在奥地利装货，生产它们的豪馨钢琴厂就在意大利边境，它们将被从这里用火车运往罗马，接着用集装箱运到莱切，装上开往埃及的蒸汽船上。它们离开罗马后就不会再被打开了，这样一来，他们的货物就安全了，比其他任何一种运输方式都安全。这些钢琴里装的东西足以支撑不止一支大型军队至少作战一年的需要了。这会是谁干的呢？”

福尔摩斯怔怔地站了一会儿。

“听，华生，有声音。你听到了吗？”

“对，是从地下室的门后面传出来的，一声呻吟——”

福尔摩斯大步走向那扇门，我拿出了左轮手枪。

他慢慢地转动门把手。

门打开了，一个嘴被堵着、被捆得结结实实的、蹲坐着的人在我们面前倒下，死了。

“这次是真的了。”福尔摩斯说。

我们把塞在他嘴里的东西拿出来，又把绳子解开，让被吓得浑身颤抖的帕斯夸尼洛去叫圣齐奥过来。

“他死了，福尔摩斯，可他是……”

“桑托罗，毫无疑问。”福尔摩斯说。

圣齐奥进门时脸色苍白。

“我的朋友死了。谁杀死了他？是谁杀死了他？”圣齐奥情绪激动地用意大利语说。

“我已有一些猜测，不过只有时间能证明一切。在找到赫伯特·斯宾塞先生和桑托罗夫人以后，我们会查明真凶的。请叫格里马尔迪探长来，”他补充道，“我们应该等他来。”

桑托罗已经死了好几个钟头了，尸体已经僵硬。刚刚使我们注意到他的存在的那个声音，也许只是一声无意识的叹息。

“他不过是一个哀求者，一个受害者，福尔摩斯。我认为，我们得通知格里马尔迪，让他追捕斯宾塞。”我用大衣将桑托罗的尸体盖上。

“对，还有桑托罗的妻子。随着桑托罗之死，一个精心设计的走私所有这些黑货的计划也宣告破灭了。”

过了不到一小时，格里马尔迪来了。

“也就是说，桑托罗，一名战争英雄，”他用一种颇为讽刺的语气强调道，“却在为一伙效忠于埃塞俄比亚的罪犯效力。”

“你对他们有所了解吗?”福尔摩斯问。

“少之又少。”格里马尔迪说,“我只知道,桑托罗和他的妻子在阿杜瓦战役战败后成了军火供应商。这是我们无意间得知的。有一次,他们运送的一批货在布林迪西被截获。货物被放在驴背上,从巴西利卡塔的运到港口,他们把枪包在厚厚的绵羊皮里。偷运军火的人趁着天黑逃走了,但我们中的一个人发誓,桑托罗肯定在那伙人中间。他给大家看了一把他找到的来复枪,上面有桑托罗的军徽。尽管所有的迹象都指向他,可是由于他作为战争英雄的威望和他妻子的政治影响,他被宣告无罪。我们知道他的所作所为,却从不知道他是怎么做到的,直到现在,我亲爱的福尔摩斯,”他揶揄道,“如果我没弄错的话。那个犯罪团伙也解体了。我猜,我们的好公民斯宾塞是团伙解体的原因之一。”

福尔摩斯露出了微笑。

“亲爱的格里马尔迪,那架钢琴是桑托罗那伙人用船运走他们的东西而避开所有人耳目的最新方法——利用这架与战争无关的乐器的欺骗性的外表。真是一个精彩的范例,我管它叫作杜邦原则——如果你想藏东西,就把它放在大家都看得到的地方。你检查一下最后面那架钢琴,会发现里面是空的。为了多装东西,里面的金属架和钉板都被拆了,但外形仍是钢琴的样子,这是毋庸置疑的。要是有海关官员提出怀疑,给他一小笔钱,再加以威胁，就可以封住他的口。”

“那么，”格里马尔迪说，“我相信，我们不用再在黑暗中追赶卢卡尼亚的驴子了。”

“不用了，”福尔摩斯笑着说，“我觉得，即使斯宾塞先生不是音乐家我们也应该追随着他。他假装成副领事，但我们可以肯定他不是。起初让桑托罗夫妇和斯宾塞先生联手，并与埃及总督和其他一些非洲权贵成为一伙的，一定是现在斯宾塞先生和桑托罗夫人害死桑托罗上校的原因。华生，咱们得抓紧时间了，天色不早了。格里马尔迪，圣齐奥，先生们，你们愿意马上出发和我们一起去卡尔博纳拉的百花广场吗?”

已经很晚了。我和福尔摩斯坐在一家小咖啡馆谈论这起案件时，邮差给福尔摩斯送来一封信，上面写道：

亲爱的福尔摩斯，

很抱歉我又一次逃走了，老伙计。请继续努力。我很高兴现在桑托罗从我的视野中消失了。他应该还在圣齐奥的地下室的一间密室里。他是个蠢货，竟以为自己可以从我这里偷走东西。

对了，我还要向你送上来自爱丽丝·莫雷尔的问候，她就在我的身旁，现在成了我的新娘，再也不用受那架可怕的钢琴的困扰了。

小查尔斯·达尔文（签名）于贝格尔号上

“天哪，福尔摩斯，这是真的吗？一个那么有才华的姑娘竟和像斯宾塞那样一个十足的江湖骗子跑了？”

福尔摩斯不无遗憾地笑了。

“达尔文，他又换名字了，意思是哥尼斯堡的圣人。”他说着，露出了微笑，“‘世界上有两样东西总让我充满好奇：一个是我们头顶上灿烂的星空，另一个是世间的荒唐。’① 我相信达尔文先生离我们不远。”

① 康德名言，原话为：世界上有两件东西能够深深地震撼人们的心灵，一件是我们心中崇高的道德准则，另一件是我们头顶上灿烂的星空。

波尔洛克之死

在已故的詹姆斯·莫里亚蒂教授的犯罪团伙的众多成员中，最难对付的是一个化名弗莱德·波尔洛克的人。读者可能还记得，我之前在《恐怖谷》——我记录夏洛克·福尔摩斯探险经历中较长的一篇——中简短地提到过他。

波尔洛克是莫里亚蒂的得力助手。与残忍而又贪得无厌的杀手桑德伯格和勒索者维茨勒相比，波尔洛克不仅展现出了在恶棍的世界中生存所需的阴险，还有除了莫里亚蒂以外无人能及的被扭曲的灵魂。同他相比，被人们大肆宣扬的塞巴斯蒂安·莫兰也不过是一个很普通的恶棍。

和那些忠诚又谄媚的奴才不同，波尔洛克对自己身份的娴熟伪装，使他成了莫里亚蒂取得成功的关键人物。他欺骗了所有人的眼睛，却瞒不过福尔摩斯。正如福尔摩斯一直说的那样，波尔洛克的天才使这位邪恶的教授实现了自己的即使不是在整个欧洲也是在英国的黑帮中称霸的野心。波尔洛克完美地掩饰了他的老师莫里亚蒂的存在，甚至使有些人以为，莫里亚蒂是福尔摩斯虚构出来的人物。随着莫里亚蒂的势力一天天增长，他似乎显得越发缥缈无形起来。

不过，福尔摩斯时常提起，波尔洛克也有他的缺点，其最大的缺点是，他对于犯罪在精神上十分矛盾。很多时候，他渴望成为像其他人一样的普通人。尽管犯罪为他带来了巨额财富，他却认为，自己超脱于犯罪王国之上，后者不过是充满欺骗和苦难的泥潭。对于莫里亚蒂，他既鄙夷又崇拜，因为莫里亚蒂为他指明了发财之路，但他却“穷”得可以说只剩钱了。

福尔摩斯认识波尔洛克已有许多年，而我只见过他一次。那是 1891 年 12 月初的一个飘雪的早晨，我在大英博物馆的罗塞塔石碑前和福尔摩斯碰头，他打算在那儿查阅一下最近刚被发现的一本最早记录毒药和解药的希腊专著。我们正要进阅览室，福尔摩斯突然转身朝我说：“我亲爱的朋友，这位是国王的军师。”

说着，福尔摩斯对一位突然出现在他身边的绅士不无嘲讽地鞠了一躬。

“想必这位就是大侦探和博学的编年史学家了。”波尔洛克不动声色地说。

我们都没有要握手的意思。福尔摩斯也不去掩饰刹那间的尴尬，只说了句："在这里等我，老伙计，我去去就回。"

几分钟后，他独自回来了，脸色阴沉。

"走吧，华生，没时间让我们耽搁了。"

"去哪儿？"跳上车时，我问。

"回家。"他轻声回答道。

福尔摩斯此前和我达成过共识，绝不在公共场合谈论他的工作。所谓的"回家"，其实是下了马车后再往回走好几条街。这样，如果有人问我们的"家"在哪里，车夫只能说出一个离贝克街有些距离的地址。

回到家后，福尔摩斯陷入了沉思。他走进自己的房间，打开窗户，又回到客厅，连大衣都没脱就坐在沙发上，合上了眼。

我趁着这工夫认真琢磨起了自己对波尔洛克略显模糊的印象。他外貌并不出众，头戴一顶因被近日伦敦常见的浑浊雨水打湿而染了色的灰色软呢帽，身穿袖口被磨得一塌糊涂的藏青色呢大衣。他的鞋和裤子上全是泥点儿，一条围巾遮住了他的大半张脸。我能看到的那半张脸面色苍白，胡子拉碴。我脑海中马上出现了一个出版社员工或是旧书店职员的形象。他和那些在博物馆长桌前埋头苦读的许许多多的人极为神似。

"那个波尔洛克真是个怪人。"福尔摩斯睁开眼时，我说。

"如果你像我一样了解他的话，你会觉得他还要更怪，但我对他的了解也相当有限。他刚准备告诉我一些非常重要的事情，一个大约十一二岁的男孩儿走了进来，波尔洛克便如脱兔般跑走了。他很清楚自己有生命危险。那个男孩儿并没有追他，而是走进了大厅。然后我就回到这里了。波尔洛克对自己有危险的直觉或许是对的——无疑是来自莫里亚蒂的威胁。和莫里亚蒂身边所有的卑鄙小人一样，他既是这位犯罪大师的受害者又是受益人。五十年前，他出生在利物浦一个非常贫困的家庭，八岁时离家出走，在街头讨生活，直到有一天他交了好运，被一个有钱的苏格兰人带回家并让他接受教育。从贫民窟到大城市，如此巨大的反差很快使他心里产生了矛盾，影响着他的一举一动。”

“你好像对他还挺了解啊。”

“但还不够。上大学后不久，他的数学天赋便被莫里亚蒂教授发现，从此这位青年学生就开始了新的生活。他成了莫里亚蒂的助手，接着成了莫里亚蒂巨额财富的保管人，直到后来才知道这些钱都来路不正。尽管他得知莫里亚蒂拥有巨额财富的秘密后相当惊讶，但并没有感到不悦，而是从此把自己的命运交给了这位天才。莫里亚蒂目前的计划正是通过他的聪明才智得以完善的。”

“福尔摩斯，说真的，我对莫里亚蒂会在这样一个不起眼的角色上倾注那么多的心血难以置信。”我说。

“这么说真是荒谬，老伙计，可别被骗了。我曾多次与波尔洛克碰面，却在他向我表明身份之前没有认出他。

你今天看到的那个很不起眼的人只是他为自己塑造的众多形象中的一个。他就像搁在满是灰尘的书架上的一本有些破旧的书，或者像一双被扔在柜子里的旧拖鞋，或者像一个等着被人丢弃的旧灯罩。他就在那里，却不会引起别人的注意，尤其是那些未受过专业训练的人。他就像《失窃的信》① 里的杜邦，明明就在人们眼皮底下，却很容易被人忽视。他对于出现在犯罪现场而不被人们发现乐此不疲。他常常会从一个穿着藏青色破旧大衣的老学究突然变成了一个锦衣玉食的公子、一个美食家、一个好色之徒、一个臭名昭著的赌徒、一个富有而很有修养的贵族、一个艺术品收藏家或者是伦敦最慷慨的慈善家之一。他的身份千变万化，当他以这些身份出现在你面前时，你无疑会和我一样惊讶。"

说罢，福尔摩斯笑了，点上了他的烟斗。

"他听起来可真是神乎其神，福尔摩斯。你准是夸张了。"

"华生，你知道，我从不主观猜想或者夸大其词。我告诉你，波尔洛克天赋非凡，这都是真的。"

"你认识他多久了？你是怎么认识他的？"

"这可就很难说了。他起初用信件与我保持联络，间

---

① 《失窃的信》，美国著名作家埃德加·爱伦·坡所写的短篇小说。——译注

或会有一封加密过的短讯。最早的一次是调查生石案①的时候。在那之后，我还利用他向我提供的线索成功地破获了两起案件——我得说，这让莫里亚蒂恼怒不已。”福尔摩斯站起身，打量着敞开着的窗户，继续说，“至于你问的关于我是怎么认识他的，我的回答应该反过来。是他主动找到我的。那是我第一次对莫里亚蒂的存在产生怀疑，而他邪恶阴谋的宏图也逐渐明朗。当时，波尔洛克内心十分矛盾，于是向我透露了那些他想要挫败或者至少想加以拖延的密谋。在一次秘密谈话中，他明确地向我表示，他认为，莫里亚蒂在邪路上走得太远了。他也清楚地知道，我和我的对手势均力敌。但是，为了给自己留一条后路，他只向我提供了阻止这位天赋异才的教授所必需的线索，其他的却不愿再多说。到目前为止，他掩饰得很好。不过，要是他给我通风报信的事被莫里亚蒂知道，后者定会对他进行迅速而无情的报复。”

“亲爱的福尔摩斯，在我听起来，他把自己当作了莫里亚蒂的接班人。”

“是的，毫无疑问。可能他还自视为夏洛克·福尔摩斯的接班人哩。邪恶的教授身边没个大侦探怎么行？这些都还有待推敲，华生。我猜，莫里亚蒂正在图谋不轨，明天黎明前，波尔洛克会给我们送来一份情报，当然是从窗户外面投进来。”

---

① 或应为《恐怖谷》中的案件名称，未能查证。——译注

一瞬间我没说话，试着消化福尔摩斯刚刚说的话，尤其是最后一句。

可我还是忍不住又问了一个问题：

“福尔摩斯，你认为他们是怎么变成同伙的呢？根据你先前对莫里亚蒂的描述，我的脑海中出现的是一个极度禁欲、聪明却因为渴望权力而误入歧途甚至疯狂成性的男人。”

“他们成为同伙又能在产生矛盾时保持合作关系的原因，很可能是他们不一致的追求。这使得他们可以通力协作并在对方的意图得逞时陶醉其中。莫里亚蒂对赤裸裸的强权的渴望越来越迫切。去年，他在他的秘密组织中新建了一间牢房，关押从事恐怖和间谍行为的犯人。他的艺术藏品已是世界上最好的了，他还会继续搜罗藏品吗？当然了！不过他现在更热衷于巴尔干地区发生的首相刺杀案，富豪、酋长孩子绑架案，使轮船沉没的离奇大火案或是从印度饥荒中获利这样的事情。任何事情，只要能为他没有章法的阴谋添砖加瓦，他都乐此不疲。然而，这些事对波尔洛克来说却没什么吸引力。”

我看了下表，刚过午夜12点。

福尔摩斯躺在长沙发上，闭着眼。我撇下他，回到自己的房间，想睡一觉，却没有半点儿困意。我在黑暗中躺着，福尔摩斯对莫里亚蒂和波尔洛克的描述不断地在我的脑海中闪现。福尔摩斯在讲述那些可怕的事情时淡定的神态令我对这位友人更加敬佩了。我想，如果没有他的干预，他的对手肆意破坏的企图就得逞了。

蒙眬间，我听到翅膀拍打的声音。我向半开着的窗户望去，看到一只鸽子想要进来。我把窗户往外推了几英寸，鸽子飞了进来。

我叫来了福尔摩斯。

“好极了，华生，这只鸽子是从波尔洛克那里来的，它腿上的信筒里肯定有重要的情报！”

福尔摩斯轻轻抓住鸽子，把信取了出来，打开纸条念道：

亲爱的福尔摩斯，

现在我能肯定，莫里亚蒂已经知道我和你有联系。他对我的背叛实施报复是迟早之事。他正密切跟踪我，不久就会关注你了。我给你寄了封简讯，据我所知上面写有他的最新计划。它被交给了莫兰①，而不是像以往那样交给我，因此我担心事已败露。莫兰粗心大意地把它放在了桌上，我才有机会在他回来之前把它抄下来。我还未能把它破译出来。希望你能破解。

这是莫里亚蒂写的密码信中最古怪也可能是最难的一种。我听到他咯咯地笑着把它称作“莫里亚蒂谜团”。

① 莫兰上校，莫里亚蒂的心腹。——译注

他实施计划的时间和地点我都不知道，我只知道它们将对大不列颠的未来产生重大影响。无论如何，我都将离开伦敦前往欧洲大陆，直到你把教授送进监狱——他是罪有应得。在此之前，我会先在那里避避风头。如需联系，最近几天我都在老地方。

教授是十分聪明的人。我祝你们早日成功。不知道我们还能不能再见面了。愿你在孤军奋战时一切安好。不要忘了把我亲爱的朋友放飞回来。

波尔洛克

另，我把我儿子（就是你在大英博物馆遇到的那个男孩儿）带在了身边，这让我行事不便，却也无可奈何。

福尔摩斯盯着信。

“挺难的，华生，应该说相当难。”他严肃地说。

我看着字条，读道：

Moran：cipher BD

Concert Moribundus et finalis：May 2，1901

Concert Master：Ivor Novello

Covent Garden

Salut：Blind Tom plays Sousa；Chaminade valse grande brillante；Black Tom plays Elgar’s enigma infra；old curiosity hotel Little Nelles; poppin bobbin; Savant idiot. Yradier mon cher ami; d'amour.

“这完全读不通，福尔摩斯。波尔洛克准是在和你开玩笑呢。”我不耐烦地说。

“恐怕不是，老伙计，或者说表面上看起来像是读不通的东西，可有含义隐藏在其中。我们必须把它破解出来。”

福尔摩斯走到桌前，喃喃自语。我站在他的身旁，希望能帮上他什么忙，可对于那张纸条的内容以及其中的含义，我一点儿头绪都没有。

“莫里亚蒂这次玩真的了，华生。这种密码在贸易中叫作多价语义密码，很难准确地破译出来，因为写密码的人在语句之间设计了种种关联。这种密码是以出谜题而闻名的意大利数学家卡尔达诺发明的。这是一张看起来杂乱无章的音乐会节目单。要么是莫里亚蒂把密码写在字里行间了，要么就是莫兰有解码字典，即可以解开谜题的工具。我们现在要弄清楚莫里亚蒂选了哪种方案。没有解码工具，我们只能尝试从确切的信息中找出可能的最优答案。这张纸条中只有日期5月2日是确定的，也就是明天。当然艾弗·诺韦洛会在场。就是说我们最晚要在二十四小时内解出这个谜题并采取相应的行动。等一下，华生，让我想想……”他专注地看着密码信。“找到了，老伙计！在轻音乐和音乐家的名字中（在这里莫里亚蒂显出他的局限性了）有一些显而易见的线索：

'Sousa'意指军事力量，而他名字的最后三个字母——'usa'——无疑指的是美国。这是目标一。啊，看这儿，华生，华丽圆舞曲（grande brillante）的首字母是'gb'，也就是'Grande Bretagne'，大不列颠。这是目标二。最后，'infra'的后三个字母指的是'France'，法国。这是目标三。"

"妙极了，福尔摩斯，我可真是服了。可到底是什么目标呢？具体在什么时候？什么地方？"

"让我们想想，华生。如果我没记错的话，瞎子汤姆①是美国南部北卡罗来纳州一位患有痴呆症的音乐天才，他在音乐方面天赋极高，但除了会弹钢琴他连最基本的事情都无法自理。可这个黑色汤姆又是谁？卡罗来纳州又有什么军事重地呢？我们现在要在两个汤姆中选一个：黑色汤姆还是瞎子汤姆？哪个更值得注意？还有，埃尔加和查米纳德之间到底选哪个？最后，我们还要从老古玩店和小奈勒斯中间选一个出来。还有流氓间谍弗朗茨·冯·巴本，为了钱他什么事都做得出来，一直觊觎着华盛顿的一笔巨款。我被一周前《泰晤士报》上的一条声称他去巴黎和法国政府谈判的消息给骗了。小客奈尔兹（Little Knells）则是巴黎内勒路上的一家小旅馆的名字，我曾在那儿住过。它设计得十分巧妙，客人能

① 瞎子汤姆（Blind Tom Wiggins 1849～1908），非裔美籍钢琴神童。——译注

通过临时隔板、暗门和可以踏入画中的视觉错觉画从房间里消失。它的经营者是一个盲人，一位叫彼巴勒诺的意大利犹太人。我认识的人当中，为欧洲那些遭受迫害者提供庇护最多的就数他。不过他那双所谓的盲眼可骗不了我。波尔洛克现在肯定就藏在那里，我们得赶在莫里亚蒂把他干掉之前到那儿和他会合。他知道的肯定比他告诉我们的多。"

福尔摩斯看了一眼表。正值午夜。

"华生，我们现在立刻去乘火车，应该能赶上南安普顿开往加来①的客船。收拾好尽可能简单的行李。我给莱斯特雷德报个信，提醒他伦敦可能会出现混乱，还要将这个国际暴徒即将袭击美国之事告诉纽约的马尔登警官，尽管具体情况现在我们还不得而知。"

前往巴黎的旅途很顺利。福尔摩斯一路无话。

"过不了多久，华生，"上马车时，他平静地说，"我们就能知道莫里亚蒂有没有把波尔洛克除掉了。"

"那个男孩儿呢？"我问。

"这是个谜，华生。也许他真的是波尔洛克的儿子，却被波尔洛克当侦察兵差使。你还记得那次在博物馆见到他吗？也许波尔洛克已经把他的毕生绝学全都教授给了那个男孩儿，准备用他来对抗莫里亚蒂。他这是在把孩子引

① 加来，法国北部港市。——译注

向歧路。”

旅行似乎让福尔摩斯精力充沛，我们到达宾馆时，他跳下马车，快步跑进了宾馆。

我对巴黎了解不多，不过我知道，我们正身处第九桥附近的波拿巴大街上。内勒旅馆位于主街旁一条狭长小巷尽头的角落里，人们很容易忽略它。

福尔摩斯示意我快点儿进门。他向宾馆老板询问后得知，波尔洛克和他的儿子就住在旅馆内，不过第二天早晨就将离开。

“华生，当心脚下。老伙计，现在好多惊奇的东西等着你呢。”

福尔摩斯在我前面走着，可我很快就跟丢了。我想折返回去，却找不到原路。我迷了路，跌跌撞撞地好像走进了一个黑漆漆的柜子里面。

“这边，华生！抱歉，老伙计，不过你很快就会适应的。拿好这把钥匙。有了它你可以打开任何一把锁。有一条通道直通后门，出了门就是宾馆的后街。要重新进宾馆你只能绕一圈再回到波拿巴大街。”

“不可思议，福尔摩斯，多么奇妙的一个地方啊……”

“华生，因为这家宾馆的主人曾是法国最大的游乐园的拥有者。游乐园内曾建有世界上的首个镜宫。而这是他的最新杰作：可以移动的隔板、视觉幻象、数十面哈哈镜，墙纸把门窗隐藏住，而且每过几个小时就变换一次。这主意相当聪明。”

福尔摩斯说话间，我们前面的墙壁突然移开了。波尔洛克像施了魔法似的出现在我们眼前，他正优哉游哉地坐在一把靠窗户——或者看起来像窗户——的椅子上。一个男孩儿站在他的身旁。

波尔洛克递给福尔摩斯一张纸条。

“莫里亚蒂给你的。”他说。

福尔摩斯打开纸条，念道：

亲爱的福尔摩斯：

你对我的密信理解得不错，至少对里面不重要的那部分。波尔洛克会把详情告诉你的。你做什么都无济于事了。我希望你能在我归来的时候和我碰面——如果那时候你还活着的话。可别死了，我们之间的事情还没完呢。

莫里亚蒂

“他去哪儿了？”福尔摩斯问。

波尔洛克看了看手表。

“莫里亚蒂已经到美国了。他秘密会见了莱因哈特先生，后者会把他带到黑色汤姆那里。”

“黑色汤姆是谁？”我问。

“黑色汤姆不是人名，而是地名。它是一个狭长的码头，几分钟前，它还是世界上最大的军火仓库。”

我突然闻到了一股刺鼻的烟味儿。黑压压的浓烟涌入了走廊。衣服上着了火的彼巴勒诺先生出现在门口，尖叫着让我们马上离开。厨房起火了，旅馆的前半部分被火焰重重包围。

波尔洛克和男孩儿退回了房间。不过福尔摩斯找到了一个更近的出口，我们俩人逃出了宾馆，身上被烟熏得焦黑，但是幸好都没有受伤。我们眼睁睁地看着宾馆在几分钟内化作一片焦土。

巴黎的消防队很快控制住了火势，却没能保住宾馆。在它燃烧的废墟中，他们找到了波尔洛克烧焦的尸体，而那个男孩儿却不见了。彼巴勒诺和其他房客的情况尚不知晓。福尔摩斯提议，我们回伦敦之前和法国安全部长布莎先生见个面。和他谈话时我们得知，在离纽约不远的泽西市发生了剧烈的爆炸，那里存放着大量原本准备运往英国的炸药。当地人把这个地方叫黑色汤姆。布莎告诉我们，另外值得注意的是，袭击美国的爆炸和烧毁了旅馆、企图杀死著名作曲家爱德华·埃尔加爵士①的火灾很巧合地发生在同一时刻。

福尔摩斯谢过布莎先生后，我们与他告别。

"这一轮莫里亚蒂轻而易举就赢了。"他懊恼地说，"波尔洛克、福尔摩斯、华生，还有那个男孩儿埃尔加，最后是黑色汤姆。"

---

① 爱德华·埃尔加（1857～1934），英国作曲家、指挥家。——译注

在他脸上，我看到了一丝愤怒和沮丧。

“我们走吧，老伙计，要想阻止他我们还有很多事要做呢。这将是异常艰难的战斗，华生。失去了波尔洛克，我们不再有盟友了。让我们回伦敦韬光养晦吧。总有一天，我要让莫里亚蒂暴露在光天化日之下，到那时他必将灭亡。车来了！”他挥着手说，“我们快回到美丽的城市中去吧。”

迈克罗夫特·福尔摩斯之死

1914年夏，我的友人夏洛克·福尔摩斯之兄——比他大八岁的迈克罗夫特·福尔摩斯，在戴奥真尼斯俱乐部（这个位于伦敦的古怪俱乐部曾是他过去三十年的宁静居所）中安详离世，享年七十三岁，未患疾病。熟悉他的人都认为，是过度肥胖导致了他的早逝。

迈克罗夫特的终生助手和知己西季威克伤心欲绝地将这个消息告诉了我们。西季威克说，迈克罗夫特去世时面朝窗户坐在椅子上，双眼圆睁。西季威克认为，迈克罗夫特是因遇到棘手事情承受压力过大的突发中风而死的，因为他死前既没有呼救也没有发出痛苦的呻吟。

“这真是巨大的损失，华生。”我们去俱乐部时福尔摩斯说，“如今迈克罗夫特去世了，他在国家政务中曾起过的作用没人能说清了。不过我能打包票，他的作用相当重要，未来不久，英国政府，尤其是外交部，就会走下坡路。”

到目前为止，福尔摩斯对兄弟的死都没有表现出什么情绪波动。他把一切都藏在了冷静、淡定的外表下，唯有眼中偶尔流露出失去至亲的悲伤。

我们到达目的地后，福尔摩斯快速确认了尸体，接着通知迈克罗夫特本就不多的几个朋友来参加之后的葬礼。迈克罗夫特曾要求，按照他的意愿在远离政府所在地伦敦的约克郡举行最简单的葬礼。但是，因为他在白厅中深受爱戴，尽管当天是一个潮湿的雨天，前来参加葬礼的大臣和外交官还是站满了小教堂和外面狭窄的乡间小道。

葬礼过去半个月后，福尔摩斯作为他哥哥那一小笔遗产的继承人收到了迈克罗夫特的文件。文件并不多，因为迈克罗夫特很少做记录。他的记性很好，根本不需要这些东西。他总是将他需要保留的资料牢记在心，其余的都烧掉了。就这样，他在英国政府任职和他与外国政府谈判的过往也随他一起消逝了。

迈克罗夫特经常告诉福尔摩斯，他之所以不愿意做记录，是因为他比较懒。

“将来有一天，亲爱的夏洛克，当我连打开自己桌子抽屉的力气都没有的时候，我的脑子依旧很活跃。那么，还有什么比把未来要用的文件都记在脑海中更好的呢？”

回忆起这些时，福尔摩斯露出了微笑。

“不过，我哥哥懒散的习惯却有一个例外。”他说。

“是什么呢？”我问。

“他通常每天把遇到的难题记在本子上并在上面对可能的答案做出推测。本子记满了，他就把自己想记在脑子里的内容记住，然后把本子烧掉。有时他会把烧本子的事一拖再拖，他最近写的这本日记就被他原封不动地放在了桌上，里面潦草地记录了他的一些杂乱的想法，还夹着一张令人十分不安的纸条：‘死城（Die Tote Stadt）的布兰科·乌高诺威来伦敦了。我们的处境很危险。必须提醒夏洛克即将来临的灾难……’写到这里，字迹就变淡了，最后变成了连熟悉他的人都辨别不清的笔画。”

“乌高诺威是谁？”我问。

“我也不知道。”福尔摩斯说，“我把整本日记都看完了，虽说考虑到迈克罗夫特的推理往往很离奇又过于矫揉造作，我还是一头雾水。死城，如果我没记错的话，这是以前一个无政府组织的名字。”

他把日记递给我。

“自己看吧。里面找不到能推测出乌高诺威身份的内容，不过也许有什么我们暂时没有发现的线索。”

我匆匆翻阅了那本日记。除了福尔摩斯刚刚说的内容以外，我这个外行没看出什么名堂。

“还有哪儿是值得注意的吗？”

“仔细看，华生，尤其是倒数第二页。”

我照着福尔摩斯所说，发现了一根长约六英寸、直径约八分之一英寸的细绳。绳子被折叠了起来，还被绕了圈，看上去就像一把小钳子。我还注意到，绳子的形状被画在了那页纸上。

“可是，亲爱的福尔摩斯，这显然什么都说明不了。这可能是迈克罗夫特把玩的一根书签绳。”

“它确实是根书签绳，华生，可我不认为它和纸条毫无关系。迈克罗夫特不管做什么事都有他的道理。绳子和图也许是他试着解开谜团时留下的痕迹。一定还有什么重要线索没被我们发现。这绳子不像是英国生产的。你看，华生，绳子内侧有很小很小的字。请给我一个放大镜，华生。”

我把放大镜递给他。

他用放大镜对着绳子内侧端详了好一会儿，然后说：“华生，我看到了数字和字母，却拼不出单词。它们很小，准是个老手艺人刻的，可能是个钟表匠。照我念的记下来。从右边的钳子往弧线部分依次是：1G 2J NilR 3C；弧线部分写的是 RH；另一个钳子向外延伸写着：4P 5B NilR 6G 7V。”

我把记下来的东西拿给福尔摩斯看。

“这可不好解啊，福尔摩斯。”我说。

“确实，华生，内容很简短，意思不明，很难破解。我推测，这条信息可能和死城有关。来看看我们能查到什么资料。华生，请把‘D’开头的那本刑事索引递给我。”

我把书递过去。

他一边快速翻阅着一边念道：“死城，一个地下组织，热衷于暗杀、破坏等无政府主义活动。它的七名不同国籍的成员已被驱逐出英国，成员戈尔多诺夫被监禁。其他成员在逃，估计已在欧洲重组，很可能在意大利。他们的名字分别是查布里诺维奇、卡贝茨、杰迪克、布兰科、乌高诺威以及他们的头目普林西普。”

福尔摩斯顿了顿，又看了一眼绳子的里面，说道：“多巧呀，华生。七个人，七个名字。每个名字的首字母都恰好对应绳子上的一个字母。①”

门铃响了。

我们听到哈德森太太开门的声音。

“啊哈，好极了，”福尔摩斯看了看表，说道，“我没猜错的话，来的是西季威克。是我叫他这时候过来的。”

我之前没有见过西季威克。他是个矮个子，很瘦弱，一身打扮灰不溜秋的，只有那双黑色的眼睛闪着智慧的光。除了身体偏瘦，他的神态和迈克罗夫特·福尔摩斯像极了。他和迈克罗夫特共事多年，举手投足变得和他相似也很正常。他坐得笔直。

---

① 这七个人的名字原文分别是 Gordonov、Gabrinowich、Cabez、Jetic、Branko、Vrukonovic、Prinzip。——译注

“节哀顺变，亲爱的西季威克。”福尔摩斯轻声说。

“真是难以接受，福尔摩斯先生，难以接受。我知道，他的身体不太好，可你也知道，他根本不当回事……他只在乎手头的案子。”

“你能告诉我们他办理的最后一件案子是什么吗?”

“迈克罗夫特没告诉我。他似乎乐在其中，脑子里时不时灵光一现，接着验证他的假设。我知道这些，因为我偶尔会听到他自言自语或是叫道‘不对，不对’。他以为我听不见呢。我只知道和案子相关的有一个叫乌高诺威的人，迈克罗夫特曾叫我安排地方和他见面。”

“对，亲爱的西季威克，乌高诺威是我们在迈克罗夫特的日记本里面找到的线索之一。他是谁?”

“说来话长了，福尔摩斯。多年来，他一直是死城的成员，那个地下组织一直在伦敦和其他城市制造混乱。”

“我过去听说过他们，”福尔摩斯说，“他们曾经在这里和欧洲大陆胡作非为，可现在却好像解散了……七个来自不同国家的亡命徒带来的威胁是破坏性的。迈克罗夫特也许就是通过乌高诺威深入敌后的。”

“没错。我可以拍着胸脯告诉你，迈克罗夫特正是在乌高诺威的帮助下击破了他们的恐怖计划。乌高诺威是其中的关键，他在迈克罗夫特的说服下同意当我们的线人。只要能得到他的帮助，把那伙人驱逐出英格兰就只是时间问题了。乌高诺威在销声匿迹两年后最近又出现在了我们面前，并称，死城组织已经复活，行为低调。

起初他只给迈克罗夫特一人报信，而且只在晚上出来。一天晚上，由于迈克罗夫特睡得很沉，乌高诺威叫我去戴奥真尼斯俱乐部的后门与他碰头。我到了那里后，他给我一根中间被折过的绳子。‘把这个交给迈克罗夫特，他会解开的。’他用颤抖的声音说。”

“什么时候的事情?”福尔摩斯问。

“迈克罗夫特死前一晚。”

“是这根绳子吗?”福尔摩斯说着，从日记本中拿出那根绳子。

“对，”西季威克说，“就是它。我发现迈克罗夫特的尸体时，他手里紧握着这根绳子。是我把它放进日记本里的。”

“乌高诺威呢，他现在在哪儿?”

“他在迈克罗夫特的葬礼上递给我一张纸条，上面写着：‘现在全靠迈克罗夫特的弟弟了。’”

“有点儿意思。”福尔摩斯说，“我们现在怎么找到乌高诺威?”

“迈克罗夫特死后，我暗中和他见过三次面。他说，那伙人还没发现他是我们的卧底。他说，死城组织最近可能会有大动作，他必须跟你谈谈。我跟他说，我得先和你说一声。他的消息一直都很可靠，可他却没有对我透露他们这次计划的内容。要是你们不介意晚上见面的话，我可以安排一次会面。”

“那就赶紧安排吧！我觉得，迈克罗夫特死前肯定遇到了要紧事。那张纸条上所说的弟弟当然是指我了。此外，我们得判断乌高诺威是否有诚意。”

西季威克走了。

我安静地坐在那里，看见福尔摩斯的表情变得凝重起来。

“华生，遇到这么危险的事，迈克罗夫特却不找我商量，这很不寻常。他也许想赌一把，独自解决这个案子。有可能他在死前已经解开了这个谜。或许，只是或许，他决定不采取任何行动。”

直到第二天下午，我们才收到通知说，和乌高诺威的会面被安排在了当天晚上。黄昏时，西季威克登门造访，然后我们一同乘出租马车来到罗素广场。到了那里，我们跟着西季威克沿贝德福德街走了一小段路后，他在一户人家门前停下，敲了敲门。

一个干瘪的女人打开门，把我们领上顶楼。

上楼时，我听到楼上传来钥匙转动的声音。一扇门开了，一个身穿白色汗衫和宽松裤子，约莫五十岁的中年男子出现在了昏暗的灯光下，把我们领进了他的房间。

“我就是乌高诺威。”他用英语说。

西季威克为我们做了介绍。

乌高诺威指着几把破旧而又脏兮兮的扶手椅，示意我们坐下。

我们客套了一番，趁着这个机会我四下环顾。房间很小，积满灰尘，屋里的空气温暖而浑浊，关着的窗户在地上留下一个模糊不清的影子。室内唯一一处光源来自一盏小台灯，整间屋子昏暗不堪。房间里堆满杂物，桌上摆着几张照片。

乌高诺威说话的声音很轻，好像他无时无刻不在提防着偷听者一样。他个子不高，瘦小精干。我暗自判断，他肯定力气不小，应该有两把刷子。

“不好意思，在这么个地方招待你们，”他说，“世道变迁，如今我的日子非常不好过。之前我的生活可舒服多了。要不是西季威克和你的哥哥，我早在几年前就死了。”

“你选择的这条路可不好走。”福尔摩斯说，“作为卧底不但危险，而且还没什么好处可捞。不过，是什么让你加入死城组织的呢？”

他笑了笑，露出了一嘴坏牙。

“对复仇的渴望，”他说，“我们因为这个走到了一起。我们分别来自土耳其、塞尔维亚、匈牙利、意大利和俄罗斯，组成了一个复仇者联盟。”

他的口音很重，一听就是外国人，可我却听不出他到底是哪国人。

“我十三岁那年，在一次奥地利军队对萨格勒布贫民发起的进攻中，我们全家遭到了灭门。我在烧焦的余烬中找到亲人们的尸体时，感到说不出的悲伤和恐惧，那是我的爸爸、妈妈、两个妹妹和年仅五岁的弟弟呀！大我一岁的姐姐被奥地利人带走了，此后我再也没有见过她。我孤零零地活着，身边只有一个朋友，他帮我联系上了革命武装叛乱团。这些组织的成员全是和我有相似遭遇的人。其中一个组织后来成了死城组织。对我来说，萨格勒布就是死城，不过在其他成员眼里，死城是每一座正遭受苦难的城市，是每个成员遭受苦难的家乡——伊斯坦布尔、贝尔格莱德、布达佩斯、那不勒斯、基辅。对我们来说，世界本身就是一座死城。我们的组织逐渐扩大，我们在欧洲进行的无政府主义运动获得了空前的成功，并且将势力伸向了美洲，在那里刺杀了麦金莱和加菲尔德两位总统。刺杀成功的消息传来时，组织上下欢欣鼓舞。当时，我感到自己肩负着改变世界并把它从那些害虫手里解救出来的神圣使命。”

“后来呢?”福尔摩斯轻声问。

“后来，福尔摩斯先生，我们组织的头儿戈尔多诺夫在伦敦被捕入狱。我也暴露了身份，很长一段时间都有人跟踪我。后来，剩下的骨干们认为，离开英国，在其他国家重新招兵买马才是上策。于是，他们转移到了意大利的里雅斯特附近的一个村庄，那里是其中一名骨干成员的家乡。他向其他成员保证，待在那里很安全，而且可以从那里迅速席卷欧洲。转移到那里之后，组织的活动开始频繁起来。

“后来我被逮捕了。迈克罗夫特·福尔摩斯对我进行了审问。我根本不是他的对手，他的眼睛好像能把我整个人看穿一样，我只好将我刚刚跟你们说的那些全都供认了。迈克罗夫特说服了我，他让我继续留在死城组织里，一旦该组织计划在英国采取行动时马上向他汇报。他向我保证，他会付给我一笔可观的报酬，还告诉我，我会得到英方的最大保护，让我放心。他同时向我声明，要是我不答应他的条件的话，我后半辈子将在英国遭受牢狱之苦。我答应了他的条件。回到的里雅斯特后，我告诉我们的头儿，自己准备留在伦敦，伺机营救戈尔多诺夫。自那时起，我开始来回跑，把死城的行动计划秘密汇报给迈克罗夫特·福尔摩斯，并和他商量释放仍关在狱中的阿狄勒·戈尔多诺夫的事。我密切关注着事态发展。我上次回的里雅斯特时，组织成员似乎处处提防着我，此外，组织内新制定的一项保密规定也使我很难再打听到组织行动计划的内容。”

福尔摩斯从口袋里拿出了那根绳子。

“这根绳子上的内容是什么意思？”他问道。

“我也不清楚。它是戈尔多诺夫回来前的临时代理人普林西普给我的。他让我设法把它交给戈尔多诺夫，可我却把它交给了你的哥哥。普林西普也许能读得懂，我却完全摸不着头脑。”

福尔摩斯轻轻捻着手里的绳子。

“乌高诺威，我们对你感激不尽。不过你现在的处境十分危险，你最好赶紧离开伦敦，去一个安全的地方。”

我们辞别了乌高诺威，在夜色中往家赶。这时已过

10 点。福尔摩斯一路无话。到了道口，西季威克和我们挥手作别。

回到家后，福尔摩斯一脸忧郁，烦躁不安。

他脱下大衣，坐在沙发上。

“这根绳子简直是一个难解之谜。再让我看看迈克罗夫特的日记吧，华生。”

我把日记递给他。

他翻看着日记。

“看呀，华生，看这个画！是照着绳子的形状描的，而且上面还加了点儿什么：一条弯弯扭扭的线穿过钳子的两端，一端写着 Nil，另一端写着 R。”

“这些字母指的会不会是 The Nile River——尼罗河？”

“有点儿牵强，但也不是毫无可能。埃及总督不是这个组织袭击的主要目标。我们先睡觉吧，华生。休息会儿也许就能想出答案了。”

大约凌晨 3 点，我听到了急促的敲门声。

我刚爬起身，还没来得及穿睡袍，就听见福尔摩斯用清晰的嗓音说道：

“华生，莱斯特雷德来了。乌高诺威遇害了。”

我穿着睡衣出来，和莱斯特雷德打了个招呼。

“快，华生，快换衣服。我们可没时间耽搁。我太轻敌了。”福尔摩斯说。

我匆忙换好衣服后，我们三人一言不发地挤进一辆出租马车。福尔摩斯给车夫报了贝德福德街的地址。

忧心如焚的房东太太带我们走进了乌高诺威的房间。乌高诺威坐在我们上次见面时他坐的那把椅子上，双手被反绑在背后，被打得面目全非，左眼中了一枪。

屋里到处是打斗的痕迹。

“他是被处死的。”福尔摩斯说。

“没错，”我说，“我推测，死亡时间不超过两小时。”

“莱斯特雷德，你的调查有什么收获？”

“大约11点时，房东太太给一个男人开了门。他是个大块头，推开房东太太闯了进来。房东太太当时被吓坏了，没敢拦他。他先前曾来过好几次，所以房东太太没把他的粗鲁行为当回事。她说，来者是奥地利人，名叫卡尔·里特。凌晨大约2点，她听到了争吵声，用的是德语，接着又听到一声枪响。她跑出去求救时，凶手在她离开的这段时间里逃离了现场。警察最终赶来，把事情上报给了苏格兰场。她还说，早些时候有两位先生来过。根据她的描述，我猜他说的就是福尔摩斯和华生，因此在来这里之前我就先去了贝克街。”

莱斯特雷德说话间，福尔摩斯已开始搜查房间。他查得很仔细，直到天将拂晓才搜查完毕。他将乌高诺威书桌上的两张照片放入外套口袋，打了个响指，脸上露出了微笑。

“华生，我们分开行动。我已经做好了准备。莱斯特雷德，你把房间里的东西都包起来，把房间锁上，在我们彻底检查之前都不要打开。如果我们能把死城组织成员抓捕归案的话，要给那伙人定罪它们可以提供充分的证据。还有，莱斯特雷德，请你们马上释放戈尔多诺夫，我们要让他带我们找到他的团伙。如果监狱那里有问题，你告诉他们，我会和格莱斯顿先生说的。我和他关系很好，没什么问题。另外，请派人跟踪戈尔多诺夫。如果你没有合适的人选，就让欣韦尔·约翰斯顿去执行这个任务。”

我们一回到贝克街的住处，福尔摩斯就向我讲起了他的推理。

“亲爱的医生，很显然，乌高诺威是被人处死的。可究竟是谁干的呢？是他组织里的人还是外国警察奉命来消灭组织成员？我更倾向于后者，尽管也许我们永远都不会知道答案。行凶者是一个大块头男人，力气很大，足以制服身体很结实的乌高诺威。他是死者的熟人，从桌上留下的东西来看，他抽土耳其烟，喝酒时不掺水。不过，我们现在只有跟着戈尔多诺夫才能找到他身后的组织。华生，在欣韦尔或莱斯特雷德来之前我们先休息会儿吧！”

我们钻进被窝时，清晨的第一缕阳光正越过屋顶洒向街头。我很快就进入了梦乡，但没过多久，福尔摩斯就把我摇醒了。

“快醒醒，华生，已经快到下午4点了。欣韦尔已经来了。”

欣韦尔几乎是跑着进来的，上气不接下气地说：“戈尔多诺夫从苏格兰场的监狱出来后，马上到附近的电报局给的里雅斯特发了一封电报，并很快收到了回复。他离开以后，电报员让我看了电报的内容。他发的电报的内容是：‘哪儿?’答复是：‘照计划，的里雅斯特。’我在维多利亚市追上了他，得知他在那里买了一张去的里雅斯特的火车票。还有不到两小时火车就要开了。那可能不是他的目的地，因为巡警看见奥地利警方的密探卡尔·里特也买了一张同班火车的票。里特很可能就是杀死乌高诺威的人。”

“华生，迅速收拾一下。我们得赶上去的里雅斯特的火车。欣韦尔，你自己也买张票，和我们一起去。带上武器，华生。我们要和亡命之徒作战了!”

不到一小时，我们登上了去的里雅斯特的火车，坐在第一节车厢里。

欣韦尔走过来，向我们简短地说明了情况：戈尔多诺夫已经上车，坐在另一节车厢里；卡尔也上了车。

晚上，我们正准备休息时，我们包厢的门开了。一个身穿黑色长大衣、又高又壮的男人走了进来，在我们对面坐下，点上了一支土耳其烟。

“我们见过吧？”他对福尔摩斯说，难掩恨意，“我是卡尔·里特。”

“上次我们见面的时候，你的名字还是海因里希·库尔茨，奥地利警方的密探，斐迪南大公的贴身保镖和忠实的跟班。”福尔摩斯冷冷地说。

“记性不错嘛，福尔摩斯，尽管你对我的评价不怎么中听。不过，先把这些放一边吧。这次我们双方政府利害相同，那就是要阻止死城的犯罪罪行。可我们所知道的消息都不够——我们需要合作。要不然只会失败。”库尔茨看着福尔摩斯，面无表情地说，“我要那根绳子。”

福尔摩斯从口袋里掏出一个信封，取出他从乌高诺威房间里拿的那两张照片。

“海因里希·库尔茨，那根绳子以后再说。我们先回忆一下过去的事。这些照片是你刚刚杀害的乌高诺威的。不过他曾玩过一个复杂的游戏。海因里希·库尔茨，你还打猎吗？”

我帮福尔摩斯把照片递给库尔茨。照片是年轻时的库尔茨和另外一男一女的合照，场景看起来像是在扎营狩猎。照片上的女人很漂亮。

“噢，”库尔茨说，“照片上的这两个人是普林西普和他的妻子，也就是乌高诺威的妹妹。原来你还记得那晚发生的事呀。”

“当然。”福尔摩斯转头对我说，“这是一起耸人听闻的事件，只会带来可怕的灾难。让我来说吧，也让海因里希·库尔茨回忆一下当时的情况。

“那是1893年1月。华生，如果你还记得的话，那时我正准备从印度回国。当时，我挫败了安东·富雷尔的阴谋，却让他逃走了。我正准备离开尼泊尔的丛林时，收到消息说，奥地利大公斐迪南的营地就在附近几英里远的地方，尼泊尔王公希望我能去参加他们的聚会。虽然有些不情愿，我还是去了，几小时后，我骑大象到达了营地。

“那是我迄今为止见过的最奢华的营地。当时，坐在我们对面的营地主管介绍我认识了斐迪南大公。由于大公还没到中午就喝醉了，我马上对他心生厌恶。营地里有一大群奥地利士兵，有颇具规模的随从团，还有女人们住的帐篷。土邦君主进献了很多当地美人，用来满足大公无穷无尽的色欲。”

库尔茨一声不吭地抽着烟。

“一天傍晚，我听到斐迪南大公声嘶力竭地冲着他的管家，一个名叫普林西普的年轻人发脾气。因为普林西普给大公拿错了靴子，大公命手下将他绑在一棵树上，然后和那天坐在我们对面的那个营地主管狠狠地用鞭子抽他。普林西普的惨叫声响彻林间。普林西普的妻子由于之前不接受斐迪南大公的追求，也被绑在了旁边的一棵树上。他们身上盖着涂了蜂蜜的带血的山羊皮，用来吸引丛林中的野兽。大公兴致勃勃地爬上狩猎台，等着猛兽的到来。‘猜猜我准备干吗？是要再猎杀一只老虎呢还是要看着它用餐呢？’他大笑着说。

“过了一会儿，蜂蜜引来了成群的蚂蚁、苍蝇和其他昆虫，折磨着普林西普和他的妻子。另一边，仆人们战战兢兢地为斐迪南大公端上了晚餐和酒。大公一脚踢翻了梯子，一个仆人摔了下去，摔断了腿。我只能眼看着这一切发生，却什么都做不了。

“时间一分一秒地过去了，普林西普和他的妻子已经被折磨得快昏过去了。接着，大约8点的时候，一只大老虎悄悄走进了树前被清空的场地，逐渐地靠近两个囚徒。大公没有任何动作，只是向下观望着，手中也没有拿枪。随从们被吓得不敢吭声。老虎开始舔舐普林西普背上的蜂蜜。普林西普吓得浑身发抖。我悄悄拿出手枪，走出人群，一枪打倒了那只老虎，接着又朝天开了一枪，命令斐迪南大公从狩猎台上下来，否则我就一枪毙了他。

“斐迪南大公早就喝醉了，虽不情愿，还是晕晕乎乎地走了下来。他的手下准备抓住我，与此同时，王公的侍从们也围住了我。王公叫人给普林西普和他的妻子松了绑，然后把他们带到了我的身边。不一会儿，我们三个人坐在了大象的背上。是目睹一个欧洲人被杀死还是面对发怒的专制者，聪明的王公选择了后者，他向大公明确表示，希望他尽快从自己的领土上离开。气急败坏的大公命令他的人马打包走人。

“我们逃到了印度后，我道别了普林西普夫妇，直到在乌高诺威的公寓里看到这些照片之前，我一直没有再见过他们。看在王公至高无上的权力和军事力量的面子上，羞愧难当的斐迪南大公很快离开了尼泊尔，前往位于德里的总督府，因此我刚刚说的这起事件并没有引起人们的注意。后来，王公亲自给我写信，对我阻止了那场不必要的杀戮表示感谢。”

“我没心思听你讲过去的事，福尔摩斯，我现在只对那根绳子感兴趣。”

“给你就是了嘛，海因里希·库尔茨。”

库尔茨夺过绳子，贪婪地查看起来。

“这根绳子是什么意思？”他问。

“我建议你把它交给维也纳的专家们分析，越快越好。另外，库尔茨，请你尽早告诉大公，在死城成员被逮捕之前，他只能待在自己的宫中接受保护。我可以明确地告诉你，虽说我们认为，刺杀这种事只可能发生在皇帝、恺撒、沙皇①身上，但我能肯定，刺客这次的袭击对象是斐迪南大公。”

库尔茨僵硬地站起身，离开了。

“恶狗回到主人那里去了！”福尔摩斯说。

“福尔摩斯，现在怎么办？”我问。

“唔，华生，我想，戈尔多诺夫肯定已经在的里雅斯

---

① 指发生在当时的“大津事件”。1891 年，沙俄皇储尼古拉在日本遭遇刺客袭击，险些丧命。——译注

特之前的某站下车了。现在我们要做的就是等他们暗杀计划的下一步行动。”

听了福尔摩斯的话，我还是很困惑。

“可你究竟是怎么知道这些的？”

“我们离开伦敦前，华生，我解开了那串密码。其实很简单：绳子本身指的是一条弯弯曲曲的路，那是斐迪南大公必经的路线。那些字母是刺客名字的缩写，代表他们行动时在路线上的位置。安插刺客的位置主要是拐角处。字母 RH 是德语 Rat Haus 的缩写，也就是市政厅的意思，位于曲线正中间。也就是说，大公将经过一条名字以 Nil 开头的河流，那条河就是 Nilichka，米利亚兹卡河。当地的权贵们将在市政厅欢迎他，之后他将继续前行。他的豪华轿车行驶到前往市政厅的那条路上的拐角处时会放慢速度，因此他们行刺的地方就是那里——市政厅。在斐迪南大公的行程上，只有一个城市符合所有这些条件。”

“哪个城市？”

“沉睡的城市萨拉热窝。”

我们到的里雅斯特后，福尔摩斯给西季威克发了封电报，后者告诉了我们一个对英国政府来说再好不过的消息：斐迪南大公将在 6 月 28 日访问萨拉热窝，大约下午 3 点到达当地的市政厅。同行的有他的夫人和一名携带武器的保镖，他们认为，他足以应付任何企图行刺大公的人。外交部已向斐迪南大公发出了警告。大公收到他的行进路线，上可能有刺客的消息后，仍拒绝更改路线，并称，他有人保护，很安全。

我和福尔摩斯在的里雅斯特逗留了一个星期后，来到萨拉热窝。沿着大公计划的路线走了一段之后，我们在中央广场附近的一家旅馆安顿下来。旅馆老板德海斯巧太太相当邋遢，看不出她的年龄，甚至看不清她的脸——她那蓬乱的头发把脸都遮住了。我们在旅馆等候着大公的到来。福尔摩斯之前已经和当地警方谈妥了，我们获准在斐迪南大公造访那天在市政厅等候。

那天下午，我和福尔摩斯混在一大群前来欢迎斐迪南大公和他的妻子索菲亚的人当中。不知在人群中的哪个角落里，混着刺客普林西普和他的同伙杰迪克，可能还有乌高诺威的妹妹。福尔摩斯一直在密密麻麻的人群中搜寻着，希望时隔这么多年还能认出普林西普来。

皇家豪华轿车来了！消息很快在人群中传开。不一会儿，我们听到了汽车的声音。装饰华丽的轿车缓缓驶来，车上的旗帜迎风招展，映衬着车里乘客们的脸庞。有那么一会儿，福尔摩斯和斐迪南大公对上了视线，大公的脸上流露出一丝困惑和恐惧。车速放慢时，他站起了身。福尔摩斯一动不动，充满不屑地盯着这位奥地利人。

就在这时，一对男女从人群里冲出来，向皇室轿车开了几枪。斐迪南大公从车上摔了下来。他的妻子也受了致命伤，瘫倒在座位上。坐在前座的库尔茨想保护他的主人，被一枪击中了头部。我冲向轿车，想抢救他们，但我很清楚，大公和库尔茨都已经死了。索菲亚只坚持了几分钟，最终还是抢救无效死了。

人群开始骚乱。

福尔摩斯示意我赶快离开。我们跑进房间还没坐稳，就听到外面传来枪声，警察向已经失控的人群开了枪。

当晚，我们听到消息，普林西普夫妇已经被捕，并被指控谋杀①。

几天后，我们回到了伦敦。维也纳警方询问了我们好几次。福尔摩斯把他所知道的全都告诉了他们。

事情已经过去了，刺杀大公事件后续发生的事我就不再赘述了。

① 历史上真实的萨拉热窝事件中，普林西普是一名未满20岁的学生，出生于1894年。作品中，福尔摩斯在尼泊尔第一次遇见普林西普是在1893年，为虚构。——译注

赤面人

如果我没记错的话，那是 1903 年 4 月 7 日，一个伦敦常见的阴雨绵绵的早晨，我听到福尔摩斯轻轻地在客厅里走来走去。我来到客厅时，他还在吃早饭。他坐在自己最喜欢的扶手椅上，凝视着刚刚点上的炉火蹿起的火苗。他的腿上盖着一条厚重的阿富汗毛毯，上面摆着盛有面包和黄油的托盘。

“早上好，亲爱的华生，”他愉快地打招呼，“看来你睡了个好觉。茶还热着呢。我为你倒上。这是报纸，相当枯燥，我已经看完了，上面有一篇关于科莱里主教失踪的短讯，只不过这次更为正式和完整。”

从他最后一句话的语气中，我听出了一丝不以为然，好像他对意大利主教失踪事件满不在乎。他把茶递给了我。我没说什么，走到他的书桌旁，漫不经心地翻着报纸。在晨间版的《泰晤士报》上，我看到了如下报道：

今早，罗马教会的《罗马观察报》刊登了一份简短通告，正式宣布教廷国务卿——大主教科莱里突然失踪。他是除教皇本人外罗马统治集团中最有权势的主教。科莱里主教在两天前的受难节①失踪后至今杳无音信。《观察报》进一步表明，尽管不知道主教目前的下落，但极有可能他平安无恙，并从百忙中抽空静思。报上写道，这是他就任红衣主教以来的习惯，不应引起恐慌。

尽管《观察报》想以此消除公众的恐慌情绪，但由于教皇的身体状况每况愈下，人们仍对主教的行踪十分担忧。人们普遍认为，现任教皇利奥十三世②的统治行将终结，他过世后，科莱里会继任教皇。教会称，科莱里主教年纪尚轻，未满五十，因其才华和虔诚而受到瞩目。他起草了《新事》通谕③和《先知》通谕，并在教会中成功地推行了由利奥教皇于1878年颁

① 受难节（Good Friday），纪念耶稣受难的节日。教会规定，复活节前的星期五为受难节。——译注

② 利奥十三世（1810年3月~1903年7月），第一个资产阶级教皇，1878年2月20日至1903年7月20日在位。——译注

③ 或译作《劳工问题通谕》。通谕提出，工业行会应当对工人的工作时间和工作条件作必要的限制和规定。——译注

布的圣母无染原罪①教义。

我放下报纸。

福尔摩斯转过身来，说道："华生，你作何感想？这件事有些蹊跷，嗯？"

"真有意思，福尔摩斯。他们要么知道一些什么却不愿透露，要么是真的不知道他的下落。这件事包含了重大丑闻的种种要素。天晓得到底发生了什么。也许是在一座乡村教堂邂逅了一位美丽的信徒后，教会的要员就向诱惑投降了，接着被前来复仇的丈夫或情人杀害了。"我说。

"这猜想不赖，华生，虽说你讲了一个老掉牙的平凡故事。"福尔摩斯笑了笑。

"平凡可是我们生活的动力源。"我故作严肃地说，"或许我该换种说法，亲爱的福尔摩斯。意大利总是呈现给我们一种音乐剧里的刻板印象。骑士和丑角可不是什么抽象的事物。"

"你在科芬园皇家歌剧院听的歌剧太多了，亲爱的华生，我们不能过于相信这些民间故事。意大利发生的情杀案虽然较多，但在这方面它和其他国家并没有什么差

---

① 圣母无染原罪，又称圣母无原罪始胎，是天主教有关圣母玛利亚的教义之一。天主教相信，耶稣的母亲玛利亚在灵魂注入肉身的时候即蒙受天主的特恩，使其免于原罪的玷染。——译注

别。伦敦发生的情杀案就多得不胜枚举。我脑海中立马能想到的就有约翰·格里纳克案。对修行者苦行生活的苛评远比对平民百姓要严厉得多，这是一个事实。但这么早就做出推断太过草率了。如果危机持续下去，主教失踪之谜通过种种方式仍未能解开，案子就会落到罗马警方手里。罗马的警察里面有不少头脑聪明的人，曼佐尼就是其中一个，他在路索尼之女案的侦破工作中发挥了重要的作用，但最厉害的还要数格里马尔迪……”

福尔摩斯突然不说了，他的目光被桌上的什么东西吸引住了。直到几天后，这件事才重新闯入我们的视线。

那天早上，我们正坐在书桌前，突然传来熟悉的敲门声。

哈德森太太走进来告诉我们，从罗马来的安东尼奥·加斯帕里神父登门造访。

出现在我们面前的是一位年轻的教会神父，单薄得有些羸弱，我猜，他年龄可能还不到三十岁。他一身黑色的穿着使他苍白的脸愈发引人注目。他小巧的鼻子尖尖的，像鸟的嘴巴一样，一副眼镜架在上面显得摇摇欲坠。尽管眼镜镜片很厚，可仍藏不住他最显著的特征——那双眼睛，他一说话，漆黑的眸子便熠熠生光。

“您是福尔摩斯先生吗?”他用英语向我的朋友问道。

“正是。这位是我最值得信赖的同事华生医生。对我说的你都可以对他说，无须顾忌。你肯定是为了教会现在正头疼的那个大麻烦来的吧?”

“是的。”神父说，“相信您对我们向公众作出的解释并不陌生。希望您能理解，我是由教皇直接派来并全权代他处理此事的。教皇自知时日无多，命不久矣。科莱里和他亲如家人，主教的失踪使他觉得生命中的最后几天更加难熬。我以教皇的名义请您帮助我们解开科莱里主教失踪之谜。”

他将一封密封的信交给福尔摩斯。

“福尔摩斯先生，这封信是教皇亲自写给您的，请您协助调查这起事件。”

福尔摩斯快速扫了一遍信的内容。

“为什么不让曼佐尼和格里马尔迪调查这件事呢？显然，他们能在最大程度上提供帮助。”

“情况特殊，福尔摩斯先生，我们不希望意大利警方插手这起事件。既然现在没有确凿证据证明主教离开了梵蒂冈城或有人在意大利境内犯了罪，就没有理由让意大利警方介入。我们希望在事情公之于世前私下解决。”

“你们是否意识到了，事情的真相可能会令人相当不快，会令教会难堪，而我却只能将事实完整地呈现出来？”

“教会对接受真相没有什么顾虑，福尔摩斯先生。如今整个意大利谣言四起，这比事情的真相更为糟糕。教会和教皇希望对此事进行彻底而公正的调查。另外，如果不涉及犯罪的话，还请您能替我们保守秘密。”

“这一点请你们放心。不过，在事情公之于众之前，所有事情都要交给我来评判。”

“可以，”神父说，“那您同意帮助我们了吗？”

“当然。这个案子鲜有先例，类似的只有一个多世纪之前的利物浦主教案以及发生在马萨诸塞州的臭名昭著的菲尼亚斯·罗伯茨牧师案。不幸的是，与之类似的案件的调查结果对教会并无益处。那位主教是个花花公子，菲尼亚斯·罗伯茨则是个恶名远扬的毒杀孤儿的凶手。”

神父试图保持平静，可他的表情却说明，他对即将被福尔摩斯揭开的事实真相十分担心。

“我还有最后一个要求，”福尔摩斯说，“我必须能联系上所有和主教关系密切的人，如有必要，还包括教皇本人，并能进入主教的住所和工作的地方。”

“我答应您所有的要求，福尔摩斯先生。”神父说，“但您要见教皇可能有一定的困难。在我出发之前，教皇明确表示，希望能与您见面并在您调查期间给予全力协助。然而，他现在身体越来越虚弱了，没人知道他还能撑多久。关于这个，他的医生有发言权。”

“没有问题，”福尔摩斯说，“我一到那里就去拜见教皇。不过还是请你先将自己知道的可能会对我们调查主教的下落有所帮助的一切情况都告诉我。”

“我本人，”神父说，“认识他才三年。他是一个才智超群的人，十分虔诚，将毕生精力都献给了教会。他作息很有规律，平时睡得很少，一般 10 点睡，早上三四点起床开始工作。平时他只吃些他的女佣安杰丽卡修女做的粗茶淡饭，偶尔离开梵蒂冈也只是去圣保罗城墙外他自己教区的乡村教堂做弥撒。”

“他的家人呢？”

“几乎没有什么确切的消息，因为他早年是在那不勒斯的一家弃儿养育院中度过的。由于他十分聪颖，院长将他从养育院带走，寄养在一个有钱的朋友家中，这位朋友给当时还是一个男孩的他提供了良好的教育和各种便利。他在少年时期遇到了教皇，教皇对他印象极佳，将他带到了梵蒂冈。他长大后去了卡西诺山的修道院，并在不到二十岁便因渊博的神学和哲学知识为人们所知。后来，他得到了那不勒斯主教的赏识，后者将他带回了城市。之后不久，他被教皇召往罗马，担任秘书，四年前被任命为教廷国务卿，直到失踪前他一直担任该职。”

“他的经历很有意思，可除了他升迁迅速之外似乎没什么不寻常的事情。还有别的什么吗？”

“他大约每两周都会换上普通神父的装束，天黑后离开教廷，混入平民百姓中。这么乔装时，他是乔凡尼神父，尽管不曾特意掩饰，他也从未向他见到的人表明过自己的神父身份。他做这些时并非总是只身一人，好几次邀请我一同前往。”

“请告诉我们，在这样的场合你们都做些什么呢？”

“我们经常步行穿过老城区，聊些善与恶的话题。我们每次都穿进特拉斯提弗列区，然后沿着台伯河返回。大约8点，我们分开后，他便独自去一家他喜爱的小酒馆，在那儿吃一顿便餐，饮一杯酒。这是主教做过的最近乎自我放纵的事情了。听说他常在那家酒馆中同老板和他的妻子说些玩笑话，好几次他们都为他准备了特色菜肴。他深爱着酒馆的那位农家妇人，视之为掌上明珠。当然，酒馆老板和他的妻子对主教的身份并不知情。”

“他还有在世的家人吗?”

“没了。他只有安杰丽卡修女和我了，我们就是他的家人。”神父的语气变得柔和起来。

“亲爱的神父，我很乐意尽可能地帮忙。后天我就动身前往罗马。我希望华生医生能和我同行。”

“我们已经为您在离梵蒂冈不远的地方安排好了住处。向您致以最诚挚的谢意，圣父愿你们此次任务获得圆满成功。”

神父鞠了一躬，然后告辞。

福尔摩斯将他送到门口。

“华生，你怎么看?”神父走后，福尔摩斯问我。

“挺有意思的一起案子，亲爱的福尔摩斯。我很乐意与你一同前往。雷德芬可以接替我的工作。”

“好，华生，我们收拾一下东西吧。我先给罗马警察局的格里马尔迪探长发一封电报，把此次的任务和我们将要到达的消息告知于他。相信他会和我们见面的，他能帮上什么忙的话也会告诉我们。”

两天后，我们愉快地踏上了去罗马的旅程。

"加斯帕里在给我们的信上说，我们将住在西班牙大台阶①附近的一家旅馆中。旅馆位于额我略大道，附近还有格雷柯咖啡馆，我们可以在那里用餐。我们想必是住在这座城市风景最好的地方了，我猜这是教皇的好意。"

我们下了火车后，乘出租马车前往额我略大道的旅馆。我们的房间很大，阳光透过窗户倾洒进来。

我很快就从长度跋涉的劳累中缓过来了。

"真不赖啊，福尔摩斯。"从我们的新居向外张望时，我说道。

"从伦敦过来换个心情也挺好，华生。我做些记录，你先休息一会儿，然后我们去咖啡馆——那可是歌德晚年最喜欢的一家咖啡馆。"

从旅馆步行到咖啡馆不过五分钟。进了咖啡馆后，福尔摩斯挑了一张靠里的桌子，以避开那些进出咖啡馆的人。

"我知道你的口味，就让我来为我们俩点单吧，华生。"

"谢谢你，福尔摩斯。我的意大利语完全生疏了，几乎一句不会了。我倒是还记得几句普什图语②，那是因

① 意大利罗马的一座户外阶梯，与西班牙广场相连。——译注

② 阿富汗的官方语言之一。——译注

为我在阿富汗待过。”

福尔摩斯笑了。

“很多人都有过这种经历，华生。没关系，我相信，你的意大利语会恢复的，法语也会回来的。法语在这里——尤其是同教会和罗马警方打交道时——用处更大。”

福尔摩斯给我的杯子倒满刚点的白葡萄酒，接着又为他自己倒满。

“你应该记得，主教是在受难节那天失踪的。下周就是五旬节[①]了，也就是说，他失踪到现在已经五十天了。”

“已经很久了……”

“没错，”福尔摩斯说，“恐怕要找到他已不太可能。不过人们还是报以希望。啊，格里马尔迪来了。”

格里马尔迪对我来说并不完全陌生。在福尔摩斯被世人误认为已离世的那段日子里，他曾热心地为我提供了许多帮助。他中等个头，身体消瘦，却充满了活力，身着意大利绅士打扮，头上戴的软呢帽遮住了他近乎全秃的头顶。

“欢迎来到罗马。”他在我们身旁坐下，愉快地和我们打招呼。

---

① 天主教节日，基督教称圣灵降临节，定在复活节后第五十天。——译注

福尔摩斯为他倒了一杯酒，立马切入了正题。

“探长，你有什么消息吗？——虽说这件事不在你的管辖范围之内。”

“它确实不归我们管，不过我们得做好准备。所以，我们已经在尽我们所能地调查这起案件了。”

格里马尔迪抿了一口酒，然后告诉了我们他所知道的消息。他说，受难节那天，女佣安杰丽卡修女发现主教没有露面，马上向上级反映了这一情况，上级立即通知了教皇和教廷。调查由此展开。在之后的几天，由于一直以来教会有主教死前其私人领域他人不得触碰的传统，没有人踏入他的房间。他失踪后的第四天，他的房间被打开了，可只有安杰丽卡修女获准进入。她从屋里出来后说，主教不在里面。她搜查了一遍房间，此后房门就一直关着。又过了好几天，主教还是没有出现，罗马教廷就刊登了我们在伦敦的那些报纸上读到的那份简短声明。然而，教廷却远比声明上表现得要紧张得多。作为意大利主教团中最年轻有为的主教，科莱里一直热衷于教会改革，这是众所周知的，但他的努力却遭到了教廷其他成员——他们大都七老八十了——以及优柔寡断、日渐衰弱的教皇的阻挠。教廷的人企图合力将主教从他显赫的位置上拉下来，可由于他自少年时便与教皇结识并受到教皇器重，他们的阴谋没有得逞。科莱里虽屡遭挫折，却一直顽强地和那些反对他的老顽固们斗智斗勇。”

“在斯蓬蒂尼主教领导下的教廷，”格里马尔迪继续说，“因为交上这样的好运而乐不可支，他们希望科莱里最好永远不再出现。斯蓬蒂尼提议，如果科莱里继续下落不明，就撤销他教廷国务卿的职务。教皇又一次拒绝了他的提议，接着让伦敦的教廷大使请求夏洛克·福尔摩斯协助，并命加斯帕里前往英格兰提请。这样一来，教皇既摆脱了教廷的阻挠，也避免了罗马警方的介入。自 1872 年意大利统一以来，教皇一直将自己关在梵蒂冈城里，与世隔绝，并拒绝和意大利政府有任何来往。”

“关于教廷就讲到这里了。”格里马尔迪说，“后来，我与和主教关系最为亲近的人，也就是他的女佣谈过话，她却没有提供什么有价值的线索。她来自意大利南部的奇伦托地区，科莱里当上红衣主教后便一直在服侍他。她证实，主教确有致力于了解人民群众的奇想。他造访城里各处的时候，每次都晚上 10 点才回来，然后坐在桌前一直工作到午夜。他每天早上 6 点起床，而她会为他端上简单的早餐。主教失踪前的那天晚上 7 点出门，9 点半时她为主教铺好了床铺。第二天早上她敲门时，他却没有回应。她等了一会儿，见还是没有动静，于是打开了门，却发现房间里没有人，床铺也没有被人睡过的痕迹……朋友，我讲了很多了，其他的还是留给你和教皇本人当面谈吧。”

格里马尔迪为我们叫了辆出租马车。过了没多久，我们就到达了圣彼得大教堂门前。我们下了马车，穿过大礼堂，步入教廷的内室，来到一间小接见室中。

阳光透过窗户洒满整个房间。教皇坐在窗下，身穿神父的便衣，两腿颤颤巍巍。他十分平静地伸手示意我们在他面前的椅子上就坐。

“首先，欢迎你们来到罗马。”他用温和却清晰的法语说，“调查期间，你们将会得到我们的全力支持。你们必须尽快找到科莱里主教，弄清楚他到底出了什么事。”他顿了顿，然后悲伤地补充道，“对我而言，他就像儿子一般。先生们，我恳求你们……”

“教皇陛下，请告诉我们您所知道的关于主教的一切。”

“我初次见到他时，他还是一个九岁的孩子，他的家人丧生于之前几年发生于伊斯基亚岛卡萨米乔拉地区的一场地震。他被人发现的时候，正独自在废墟中徘徊，由于受到惊吓失去了记忆。他被送到了孤儿院，在那里恢复了健康，却并没有恢复早年的记忆。直到七岁时他才学会说话。我第一次见到他是在孤儿院。我发现他天赋极高，就把他带来这里抚养，之后送他去卡西诺山修道院修习。他回来后成了我的助理。四年前，我任命他为红衣主教——他是教会里最年轻的主教，同时他成为了教廷国务卿。直到他失踪前，我一直确信，他会接替我成为下一任教皇。”

“他都有哪些仇人？”福尔摩斯冷冷地问道。

“教会里面有些人不喜欢他，但‘仇人’倒是说不上。教会里的很多成员都是胸怀大志的人，看到他在教会的地位迅速上升，他们觉得他是一种阻碍。他们可能会试图毁坏他的名誉或是让他身处窘境，但我并不认为有人想加害于他。他的行为向来无可挑剔。他的生活很有规律：每天早上4点起床做弥撒，接着吃早餐，打理教会事务至9点，之后随我的日程安排工作。”

“谁侍奉他的起居？”

“安杰丽卡，一名和他来自同一个孤儿院的修女，比他年长些。关于他的详细情况你可以问安杰丽卡。主教失踪后，安杰丽卡是唯一进过他的房间的人。”

“有谁搜查过他的房间了吗？”

“没有。”教皇答道，“我一得知主教失踪的消息便下令锁上了他的房间。你可以放心，除了主教刚失踪时安杰丽卡修女进去过之外，没有人进过他的房间。”

“那我先和安杰丽卡修女谈谈，再去查看主教的房间。”

教皇按响了铃，一位年轻的神父出现在了我们面前。教皇让他先带我们去找安杰丽卡修女，之后带我们去主教的住所。

“只要你愿意，随时都可以来向我汇报。”

教皇说完，我们与他道别。

我们跟随那位年轻的神父走到一条长长的走廊尽头。神父示意我们在此等候，然后走到一扇木门前敲了敲门。

一位修女打开门，她看上去约莫五十岁，身着白色的宗教服装。

神父向我们介绍说，她就是安杰丽卡修女。

尽管她已不再年轻，可看上去仍充满朝气，甚至称得上好看。

看到我们，她显得有些腼腆。她告诉我们，主教到罗马以来她一直负责服侍他，但对主教失踪的事她也一无所知。她说话时眼中噙满了泪水。

福尔摩斯宽慰了她几句，然后请她同我们一起去主教的房间。

我们来到房门前。那位年轻的神父撕开门上的封条。我们走进主教的房间。安杰丽卡修女等候在门外。

粗看之下，屋里并没有什么不寻常。房间的摆设朴素，与教廷大厅的华丽形成了鲜明的对比。靠墙的大衣橱里挂着主教的祭衣。一张写字用的小桌子上放着一本弥撒书。桌子的一角摆着一串念珠和一个戒指，想来是主教用的物品。对面靠墙有一张简易的行军床，主教平时睡的应该便是这张床了。床上方的墙壁上挂着一幅巨大的耶稣受难像。耶稣的脸上似乎被涂了什么朱红色的东西，使整个画像看上去十分血腥。这是房间里唯一让人感觉不舒服的东西。

“不过是一间教会神职人员居住的宁静的屋子。”我对他说。

“可屋里的角落里却都是搏斗过的痕迹。”

我被福尔摩斯的话吓了一跳——我并没有看到什么搏斗的痕迹。福尔摩斯盯着耶稣受难像，一遍又一遍地走近，退后，并仔细地打量着它。

“像往常一样，你只是看到了，却没有观察到。注意看，亲爱的华生，这幅耶稣受难像是最近才放到房间里的。我们可以从它后面的墙上看出原先挂在这里的东西的轮廓，毫无疑问，是一幅画。看见了吗？这里没有沾到蜡灰。”

他轻轻地将耶稣受难像移开。石膏墙面上有一个粗糙的小孔。

“这里原先有个挂画的钉子，现在不见了。”

他用食指摸了摸耶稣受难像后的石膏墙。偏下方的墙上有很多长长的刮痕。他好像是在对我说，又好像在自言自语：“注意看，这儿有一块长方形的干净墙面，说明这里以前挂过一幅画。从墙上的刮痕还可以推断，把画拿下来的那个人笨手笨脚的。华生，现在让我们看看这些痕迹下面。把床挪开——哈！”

原来那里有一幅很小的画，面朝墙壁靠在床边。福尔摩斯将它翻了过来。那是一幅圣母玛利亚的画像，画的正面由于长期和墙面摩擦已经不成样子。

“华生，在耶稣受难像挂上去之前，墙上挂的是这幅画。奇怪的是，安杰丽卡修女对此只字未提。”

“可福尔摩斯，这又能说明什么呢？也许是主教自己想换的——”

“不可能，华生。他可是个作息相当有规律的人。一个将一生都奉献给了圣母玛利亚的人绝不可能将她的画像放在床后的地上。不对，肯定还有其他不对劲的地方。”

福尔摩斯坐在圣母的画像旁，仔细端详起来。

“原作于西班牙，大约是十五世纪末的作品。画的背后写着卡萨米乔拉，正是主教的家人在地震中遇害的那座小镇。”

福尔摩斯从口袋里拿出一把尺子，量了量从床到固定耶稣受难像的钉子之间的距离。

“主教是个高个子。这幅画是他或别的什么人挂上的。可它被移走后，挂耶稣受难像的却另有其人。”

福尔摩斯走到写字桌前，查看那串念珠。

“它是断的，华生，断了三处。戒指被掰得形状全无。看桌上的痕迹，好像有人盛怒之下把戒指按进了桌面里。最后，华生，你看那尊耶稣受难像。”

耶稣受难像高约四英尺，由纯银制作。

“仔细看耶稣受难像的脸，华生。”

“是鲜艳的朱红色。”

“正是，亲爱的华生，现在让我们把弥撒书翻到做过记号的那页。我们肯定能看到一些有趣的东西。”

他将弥撒书递给我。

我念道：“地狱之王的旗帜在向我们行进。”

“华生，这句话出自一首著名的复活节赞美诗，不过我觉得它可能被稍稍改动过。华生，记得提醒我带上一本《地狱篇》，可能会派上用场。好了，老伙计，虽然我们此时仍不知道主教身在何处，但我可以肯定：在这间小屋平静的外表下，发生过一场斗争，一场为了个人灵魂和教会精神而战的抗争。走之前我们还要再问安杰丽卡修女几个问题。”

修女慢吞吞地走进房间。

“安杰丽卡修女，你最后一次来这里时墙上有耶稣受难像吗？”

“没有。”她简短地回答。

“是谁将它挂上去的？”

“我不知道。”她答道。

“这幅圣母像呢？”

“自主教到罗马以来这幅画一直挂在墙上。之前他一直把这幅画带在身边。我之所以知道得这么清楚，是因为这幅画是我送给他的。”

“是什么时候的事情？”

修女顿了顿，似乎在回忆。

“我在主教来教廷之前一直在这里工作。不过我们自孩童时期便认识了，初次见面时，我九岁，他五岁。我们共同经历了卡萨米乔拉那场可怕的地震。当时他的家人去那里观光。我出生在当地。灾难发生时，我站在离他们不远的一座小山上。我们脚下的小山坍塌了。他的家人当场被碎石掩埋，我们俩被甩到了海滩上。我没有受伤，但阿考——我们这么叫他——脑袋摔破了，血流不止。我以为他必死无疑，先为他做了洗礼，然后跑去呼救。他被送到了一家孤儿院，并被那里的人救活了。但他的双亲和妹妹却撒手人寰。圣母像是我在他们当时住的地方找到的。从那时起，这幅圣母像便一直陪伴着他。”

“安杰丽卡修女，你上一次进这个房间时，这幅画是朝向哪里的？”

修女犹豫了一会儿，说：“圣母像是面向墙壁的。主教有个习惯，在圣灰节①这天把画转向墙壁，到复活节那天的早晨再翻过来。我问他为什么要这么做，他说，他也不知道。”

“你有没有把刚才讲的这些和其他人说过？”

安杰丽卡修女避开了福尔摩斯的眼神，想着恰当的措辞。

“我好像对罗伯特神父提起过，他是斯蓬蒂尼主教的秘书。”

“谢谢你，修女，我们告辞了。”

福尔摩斯按铃后，年轻的神父闻声而至。福尔摩斯让他把房门锁好，并告诉他，未经允许任何人不能进入房间。

---

① 复活节前的第七个星期三，在圣灰节，人们会撒灰于头顶或衣服上，以表明悔改或懊悔。——译注

“真有意思，华生。”在回旅馆的路上，福尔摩斯说。

“福尔摩斯，我觉得，你发现的那些细节根本不能证明房间里曾发生过冲突。”进门后我说道。

“正如我一直说的那样，华生，你只是看到了，却没有观察到。在那间屋子平静的外表下暗含了争斗的痕迹。在我看来，那幅耶稣受难像是对主教的警告，断裂的念珠和被掰弯的戒指可能是主教与闯入他房间的不速之客打斗时造成的。我们还需要进行进一步的调查。”

福尔摩斯陷入了沉思，对我的提问也不怎么搭理。这时，突然响起了敲门的声音。房东太太彼巴勒诺站在门口。

“有一封给福尔摩斯先生的电报，”她说，“是格里马尔迪探长发来的。”

福尔摩斯从她手中接过电报。上面写道：

亲爱的福尔摩斯：

我们在台伯河打捞到一具尸体，是科莱里主教。速来。

格里马尔迪

我们走进格里马尔迪位于司法宫①的办公室。

格里马尔迪跟我们打了声招呼，然后开始介绍情况。

① 意大利最高法院。——译注

“昨天晚上，”他说，“一个男孩儿正在离圣天使堡不远的河边钓鱼，看到河里漂着一顶帽子。他试图把帽子钓起来，收线时却发现鱼钩钩在了一具死尸的头上，于是赶紧向附近的一名警察报告了此事。警察叫来帮手，把尸体运到了这里。尽管尸体已经腐烂严重，但毫无疑问是科莱里主教的。斯蓬蒂尼主教——教廷的代理大臣——已经确定了尸体的身份，并将此事报告了教皇。”

“死因呢?”福尔摩斯问。

“自杀。尽管这位抑郁的主教自杀的原因尚未确定，但自杀的可能性极大。他的手中紧紧地攥着一张字迹为女性的纸条。纸条内容模糊不清，但在最下端可以辨认出这位女性的姓名：玛利亚·特蕾莎。社会上一直传言，他与那个女人有染。”

格里马尔迪把纸条交给福尔摩斯。

福尔摩斯仔细地查看着纸条，脸上露出了微笑。

“我能查看一下尸体吗?”他问。

“当然，”格里马尔迪说，“请往这边走，停尸房在过道的尽头。没有教廷的允许，不能对尸体进行解剖。我们尚未对尸体进行全面检查，我们做完检查后会向你提供一份报告。”

格里马尔迪的随从拉开了一个抽屉，向我们呈现了里面的尸体。这是一位五十多岁的男子，穿着黑色的主教服。随从将尸体的衣服脱掉，一具正值壮年、身型修长而体格健壮的男尸呈现在我们眼前。尸体身上没有伤。

福尔摩斯仔细检查了尸体的头部和双手后，又查看了胸部和腿。尸体的面部严重腐烂，被涂成了朱红色。

福尔摩斯看了我一眼。

“走吧，华生，我检查完了。谢谢你，格里马尔迪先生。我们再联系。”

来到街上，福尔摩斯咧嘴一笑。

“真有意思，华生。你怎么看？”

“一场悲剧，主教风华正茂，却离开了人世。”

“不，华生，完全不是这么回事。那根本不是主教的尸体。如果科莱里主教真的已经死了，他的尸体还未被人发现。这是个诡计，狡猾却无法瞒天过海。”他思考了会儿，又说，“或许可以说既狡猾又大胆，甚至相当鲁莽。朱红色的脸……我们必须查明它的含义。”

“福尔摩斯，你怎么知道那不是科莱里主教的尸体呢？”

“华生，我刚才应该让你也检查一下那具尸体然后做出判断，不过我认为，你的判断和我的不会有什么本质上的差别。从死者的手能看出来，华生，那是一双工匠的手，很可能死者是个泥瓦匠。粗糙的皮肤并不是被台伯河的水浸泡引起的，而是由于干了一辈子的重活。死者的指甲缝中残留着石屑和灰泥，它们已经成了这个人的一部分，因此在台伯河中泡了这么久也没有脱落。可怜的家伙，他的死因不是溺水，而是坠亡。我检查时发现，他的肋骨有多处骨折，还有一处重伤，这可能是致死的原因。另外还有一件事……”

“什么事？”我问。

“格里马尔迪和我们一样清楚，那不是科莱里主教的尸体。”

我被他的话搞糊涂了。

“他这么做的目的是什么呢？”

福尔摩斯说：“格里马尔迪是一只老狐狸，十分狡猾。他也加入了这场斗争。利奥十三世的漫长统治即将结束，我们看到的只是权力斗争的最初迹象。事实上，它从科莱里主教失踪那会儿就已经开始了。只有选举出新的教皇，斗争才会结束。这些人会不择手段地夺取教皇的位置，并控制整个意大利。”

福尔摩斯看了看表。

“华生，格里马尔迪将会在司法宫宣布这个消息。罗马就要满城风雨了。我们现在去拜访斯蓬蒂尼主教，此刻最兴高采烈的可能要数他了，不过，他注定将会失败。”

我们走进教廷，直奔斯蓬蒂尼的办公室。

安杰丽卡修女也在那里。她刚刚听到科莱里主教死亡的消息，一直在哭泣。

看到我们来了，斯蓬蒂尼让她先离开。

“让她先别走。”福尔摩斯说。

“如你所愿，福尔摩斯先生。”他让安杰丽卡修女在门外等候，然后关上了门，坐回座位上。我仔细地打量着他。他银发苍苍，个子矮小却形态优雅。

“听闻噩耗后，我刚刚报告了教皇，听到这个消息他悲痛欲绝。”他说。

福尔摩斯说：“我们刚从停尸房那里过来。”

“我也去了那里，还确认了死者的身份。”

福尔摩斯沉默了一会儿，然后面无表情地说：

“阁下，你犯了一个错误，一个相当严重的错误，你明知那不是科莱里主教的尸体，作为一名教廷要员，却在司法宫说那是科莱里的尸体……我猜，是格里马尔迪怂恿你这么做的。”

主教不动声色。

“我的辨认是出自诚实的。”他坚定地说。

“你的罪行，亲爱的朋友，”福尔摩斯讽刺道，“实则更为严重。你不仅在确认尸体时故意做假，那具尸体也是你扔入台伯河中的。”

斯蓬蒂尼被激怒了。

“注意言辞，福尔摩斯先生，你正在和教廷的要员说话。”他说。

福尔摩斯无视他的提醒，接着往下说：

“亲爱的要员，第一次来这里的时候，我就注意到这栋建筑东侧正在搭建脚手架。我和泥瓦匠们交谈后得知，他们中有个叫弗朗西斯科·萨鲁比的人两周前不幸坠亡。

由于没有亲人，他被安葬在了当地的公共墓地中。后来，我又去找了看守墓地的人并从他那里得知，根据教廷的命令，那里有一具尸体被挖了出来。他说，命令来自教会的首脑，如果我没记错的话，任此高职的只有你一人。停尸房里现在存放的其实是可怜的萨鲁比的尸体。”

“谎话说够了没？”斯蓬蒂尼叫道。

“没有，还不止这些，远不止这些。你还是传教会内部一个被禁已久的组织赤面人组织的首脑。该组织的任务是净化教廷中的神职人员，它起源于十二世纪，或许可以追溯到但丁创作《地狱篇》① 时期。所以说，亲爱的主教，你除了从事本职工作以外，还在同事当中寻找异教徒和比这更糟糕的人。让你大为高兴的是，你发现，你最痛恨的科莱里主教正是比异教徒更糟糕的人。”

“他是个犹太人，”斯蓬蒂尼咬牙切齿地说，“排除异教徒，阻止他成为下一任教皇，是我作为基督徒的责任。我意已决，要将他逐出教廷。他是个异端，把圣母玛利亚像面朝墙放置。我已经给了他足够的警告，然而他却躲了起来，伺机回归。”

“我发现圣母玛利亚的画像被换成了一幅恐怖的耶稣受难像的那一刻就作此猜想了。你这么做是在警告科莱

---

① 在但丁的《神曲·地狱篇》中，地狱分为九层，第九层为背叛者，犹大、布鲁图、卡西乌分别被撒旦的三张嘴啃咬。——译注

里，未经你允许他不能再留在教廷，更不用说身居高位了。”

福尔摩斯说完，斯蓬蒂尼主教面如死灰，语气变得强硬起来，并且充满了不屑。

“你开价多少？”主教问。

“我没有准备要价。你的命运掌握在教皇手中。我的建议是，你从主教之位辞职，在此后的余生中做一个忏悔者。另外，你不能以任何方式伤害科莱里主教以及你不情愿的情妇——安杰丽卡修女。”

他的最后一句话让我吃了一惊。

福尔摩斯站起身，走出门，将修女带了进来。

“正是因为你，”福尔摩斯对这位畏畏缩缩的女人说，“斯蓬蒂尼才知道了画像的事。正是因为你，他才能进入科莱里主教的房间并把赤面耶稣受难像挂在墙上，它是耶稣的背叛者犹太人——加略人犹大的象征。也许可以由你来告诉我们你为什么要这么做。”

安杰丽卡修女充满厌恶地看着斯蓬蒂尼。

“很多善良的人都被这个男人和他的野心毁了，我只是其中之一。他追求了我很多年——事实上，我刚到这里的时候他就开始追求我了。每次都是科莱里保护我。我们情同手足。”

斯蓬蒂尼想让她住口，却被福尔摩斯制止了。

“这一切要从今年的圣灰节说起。我在圣保罗教堂向科莱里做完忏悔后，跪在离忏悔室不远的地方做祈祷。

就在那时，我注意到一个美丽的女子走进了忏悔室，从她华美的衣饰来看大概是个奥地利人。她是最后一个做忏悔的人。她在里面逗留了很久，可直到出来时都没有做祷告。等科莱里主教出来后，他们一同离开了。”

她停了一会儿，以平复自己的情绪。

“当时我突然感到一股压抑不住的嫉妒。我跑回教廷时，却发现科莱里主教已经在他房间的桌前坐着了。我问他那个女人是谁。他被我的提问吓了一跳，然后温柔地笑了笑，说道：‘那只不过是一个想和我说说话的女人。’

“然后，他走到床边，把圣母像转向墙壁。

“我什么都没说便离开了。我曾无数次看到他把画像转过来放，但这一次我却把它视作对我的侮辱。那可是我给他的东西啊！盛怒之下，我来到这个男人这里，把那个女人和画像的事告诉了他。因为我把那个女人描述成了奥地利人，他就将她戏称为玛利亚·特蕾莎。后来，他的手下将这个名字传遍了整座城市。当时，我在他的怀里得到了安慰，但从那时起我就如同坠入了人间地狱，这个男人经常逼迫我将科莱里的一举一动全都告诉他。

“刚过去的耶稣升天节①那天，我和斯蓬蒂尼进入科莱里主教的房间，将耶稣受难像挂在了墙上。斯蓬蒂尼

---

① 据《圣经·新约》记载，耶稣于复活后第四十天升天。教会规定，复活节后第四十日为耶稣升天节。——译注

把耶稣受难像的脸涂成了朱红色，并在桌上的弥撒书中的撒旦诗篇做了标记。科莱里回来后，看到自己房间里的景象气得大声怒吼。第二天早晨，他离开了，再也没有人看到过他。”

“我得立即将此事向教皇报告。”福尔摩斯说，“安杰丽卡修女，对你我应该予以宽容。”

那天晚上 8 点，一名身着黑色常服的神父走进了纳尔迪广场附近的一家酒馆。酒馆老板巴卡太太不辞辛劳地准备好了他喜爱的菜肴。

神父看上去好像心事重重。巴卡太太为他送上了他最喜欢喝的酒。神父坐在那里慢慢地呷着酒，好像在等什么人。

随后，我和福尔摩斯也进了酒馆。

福尔摩斯朝那位神父笑了笑，然后我们找了个位子坐了下来。

时间尚早，还没到罗马人出来喝酒的时间，酒馆里只有我们二人和神父。

过了一会儿，一个女人走进酒馆。神父站起身，热情地和她打了个招呼。他们相视一笑，便开始用德语交谈。他们很快便吃完了，然后一起走出了酒馆。

我和福尔摩斯悄悄地跟着他们来到奥塔维亚港附近的一个房子前。

他们正准备进门，福尔摩斯朝他们走去。

“不好意思，”福尔摩斯说，“我有话对您说。”

“请说。”神父说道。

“科莱里主教，我受教皇委托调查您的下落以及您的处境是否安全。我是夏洛克·福尔摩斯，这位是我的朋友华生医生。”

主教吓了一跳，示意我们进屋。

“我知道你是谁并且知道你们早晚会找到我。这是我失散多年的姐姐玛利亚·特蕾莎。”主教说。

我们上了二楼，走进一间小公寓。公寓显得有些破旧，里面稀稀拉拉地摆放着一些家具，看起来不像是一处住所，倒更像是一个歇脚的地方。

“我在受难节那天离开教廷以后一直住在这里。我听说，最近外面传言说，我已经死了，还说在台伯河中发现了我的尸体。福尔摩斯先生，是这样吗？我知道，这一切都是斯蓬蒂尼干的，此前，他曾警告我不要再回教廷。”

“一点儿没错，阁下。不过，我能向您保证，斯蓬蒂尼已经受到了制裁，已经被教皇从枢机主教团中撤职，并被发配到伊塞尔尼亚的一个贫民院中工作。不过请告诉我，是什么原因让您做出离开梵蒂冈、离开教廷这一决定的？”

科莱里主教的姐姐开口了。

“这都怪我，”她用英语说，“是我扰乱了弟弟的生活。我是他的姐姐。人们都以为我在那场夺走了我们双亲和另外两个兄弟生命的地震中已经死了。其实并非如此。被人发现后，我被送到了贝内文托的一家孤儿院。当时，我不知道我弟弟还活着，他也不知道我还活着。我十三岁那年，亲戚找到了我，后来将我带到了维也纳。我一直希望我的几个弟弟中有人幸存。不久前，我在维也纳的一份报纸上看到了科莱里主教的照片，觉得他和我最年幼的弟弟长得极为相似。我为是否要去见他做了很久的思想斗争。要知道，我们家是犹太人，而他是教廷的要员。然而，最终我决定，我必须知道真相。我来到罗马，前往圣保罗教堂，向主教作了忏悔。这是唯一一个能让我偷偷见到他的地方。我像其他教区居民那样进了忏悔室，对我即将证实的事情又害怕又心存希望。几分钟后，我们便毫无顾虑地相认了。你能想象我们失散这么多年后重逢时有多么喜悦。我弟弟陪我走到这个地方后就回教廷了。那天是圣灰节。”

“回到教廷后，”科莱里主教说，“正当我准备像往常那样把圣母像转向墙壁时，安杰丽卡修女心烦意乱地走了进来。我知道她误会了我姐姐。我试图让她冷静下来，但什么都没有告诉她，因为我担心斯蓬蒂尼得知我有犹太血统后拿这个来对付我。

“受难日那天，在听完信徒们的忏悔后，我回到房间时发现，有人进过我的房间并把赤面基督像挂在了我的床头。我明白了它要表达的含义，感到极其愤怒。我把戒指扔到了桌上，试图用手把它掰断，还把我的念珠扯断成几节。我还发现，我的弥撒书被翻到了复活节赞美诗那页，书上赞美上帝的句子却被篡改成了让人联想到撒旦和正受到啃咬的犹太叛徒犹大的句子。我带着怒气离开了，没想好我是否还会回来。我自知斗不过斯蓬蒂尼，便选择和我姐姐一起住在这片犹太人居住区。人生中我头一次摆脱了教廷的盯梢，并开始思考是否应该就此离开教廷。我至今仍未拿定主意。”

“听到您还活着而且过得很好的消息，教皇一定会很欣慰。”福尔摩斯说。

“我明天早上就去找他谈这件事。”科莱里主教说。

我们告别主教，回到了旅馆。

“嗯，福尔摩斯，你觉得他会怎么做？”我问。

“我猜不到，华生。不管怎样，这都是一个艰难的抉择。”

几天后，科莱里主教宣布，将继续留在教廷工作。

在那之后不久，由于年老体弱，疾病缠身，利奥十三世与世长辞。人们都等着来自教廷的袅袅白烟，这是新教皇产生的标志。三天后，教廷的白烟终于升起，新教皇在圣彼得广场与人们见面。

科莱里主教没有当选，这让他感到如释重负。

伊莎多拉·帕萨诺案

“你的观点没错，亲爱的华生，这个理论很荒谬。”

我正悠闲地坐在椅子上，和以前一样，福尔摩斯又猜出了我的心思。他老这么做，我都见怪不怪了。有时候，我似乎开始明白他是怎么做到的了。然而，这次我却被他吓了一跳，因为他看起来在沙发上睡得正香。

“福尔摩斯，又被你说中了。你是怎么推测出我的想法的？我还以为你睡着了呢！”

他闭着眼静静地躺在那儿，似乎还在睡觉。

他坐起身，点上了烟。

“唔，几分钟前我是睡着了，华生。不过，要是你对细节稍加注意就会发现，这没什么稀奇的。如果我没记错的话，两天前的晚上，你在读贝克莱主教关于焦油水研究的文章，没错吧？”

“对，没错。”

“要是我没猜错的话，你之前读的那本书里面还有贝克莱关于感知哲学的文章。因为那本书是按照年代编排的，所以我在午睡前看你放书签的位置就知道你已经读到这篇了。我能肯定，你之后读了主教有关‘存在就是被感知’的论述，还有‘如果没有感知个体，物质将不复存在’这个老生常谈的问题。”

“对极了！他举了个很有说服力的例子。”

“贝克莱是个聪明人。刚才我被你吵醒了！你沮丧地叹着气，乒乒乓乓地开关抽屉，希望看到抽屉里的东西发生变化，兴许是某样东西消失不见了。你沮丧的叹息声却告诉我，你并不怎么认同这个观点。贝克莱主教提出的这个观点既机智又愚蠢，说它机智，是因为它很难让人完全反驳，说它愚蠢，则是因为这个观点本身毫无意义。”

“我倒没觉得他一定就是错的。”

那天，我们吃完晚饭后又接着聊了很多。后来，福尔摩斯扯开了话题，谈起了感知、幻觉、妄想以及一些让人受骗后轻信一切的手段。

“别说是常人了，华生，就连欧洲最有才智的伟人之一的龙布罗梭①都中了这种俗气手段的圈套，给他下套

① 凯撒·龙布罗梭，意大利犯罪学家、精神病学家、刑事人类学派创始人。——译注

的人名叫伊莎多拉·帕萨诺。”

我对福尔摩斯提到的这位帕萨诺小姐以前就有所耳闻。福尔摩斯是从龙布罗梭教授口中知道这个女人的。龙布罗梭晚年对招魂术产生了兴趣，并和福尔摩斯联手破获了很多起涉嫌欺诈和诱骗的案子。福尔摩斯认为，所有传闻中的招魂术本质上都是诈骗。在这一点上，龙布罗梭和他观点不一。龙布罗梭觉得，超自然现象已经超出了一般常理的范围，因此用科学解释不通。他在近几个月来的苦心钻研中，一个名字传到了他的耳朵里，那就是声名在外的那不勒斯灵媒——伊莎多拉·帕萨诺。之后他和她一同去参加了几次降神会①，逐渐认定，她是他目前见过的最有天赋的灵媒。最有说服力的事情就是，在一次降神会上，她招来了龙布罗梭母亲的亡灵。据龙布罗梭所说，帕萨诺小姐招来的亡灵无论是语气还是家族故事，每一处都和他母亲生前一致。龙布罗梭告诉福尔摩斯，当他离开降神会时，心情因和他三年前亡故的母亲对话而难以抑制地激动。他完全被这个年轻灵媒的能力折服了，即使福尔摩斯做出的解释铁证如山也置若罔闻。

“这是因为他个人的原因，华生，”那天晚上，福尔摩斯对我说，“龙布罗梭情愿相信这种荒谬的事情。”

“那个女人一定很聪明。”我说。

---

① 降神会，设法与亡灵对话的集会，通常由灵媒主持。——译注

福尔摩斯笑了。

“还很漂亮哩，龙布罗梭对她赞不绝口。”他又说，“我敢肯定，要是我调查一下就会发现，帕萨诺的助手们之前肯定详细研究了龙布罗梭家族以前的一些资料，他们还仔细地调查了龙布罗梭的亲戚，并为此付了一大笔报酬。据我所知，在欧洲大陆和英国，每个灵媒都雇用一大群帮手。这一点上，灵媒和歌剧女主角倒是挺像。再加上经过那么长的时间，龙布罗梭对母亲的记忆也变得模糊起来。这可以算是最唬人、最狡猾的欺诈事件了。可我们怎么才能说服已经被这恶意诈骗手段唬得不相信科学常识的龙布罗梭呢？”

一周后，我回英国处理一些事务，福尔摩斯独自留了下来，因为他还有两个案子必须在回伦敦前结案。

我回英国是因为我的舅舅去世，他的律师写信通知我，在将舅舅的遗产转交给我之前需要和我确认一些条款，不少相关文件需要我签字。我对这位舅舅一无所知，只知道他名叫彼得·汤姆金斯。他的遗产着实可观，要是我不和舅舅的律师谈一谈就太蠢了。

回到伦敦几天后，我在贝克街的家中接待了查尔斯·赫里欧先生，他长得又矮又胖，却一脸福相，是著名的库姆斯与赫里欧律师事务所的主要合伙人。

“希望请你回伦敦没有给你添麻烦。因为汤姆金斯的遗产有些部分需要讨论。事实上，华生医生，你的舅舅规定有些地方必须和你口头说明。”

“我能理解，”我说，“不过我想，属于我的那部分遗产并没有因此受损。”

“据我所知确实没有，尽管可能比我们先前预算的要少一些。”

谈话进行了几个小时。赫里欧先生对我所要继承的大笔遗产相当重视，这令我十分感动。

回英国后不到一周，我收到了福尔摩斯发来的急电，要我马上回意大利。

部分内容如下：

你还记得伊莎多拉·帕萨诺吧？她势力大增，我决定阻止她。她的几个帮手已经设下陷阱，准备除掉我。罗马媒体已经遭袭。需要你的帮助。速来。

福尔摩斯

我不太喜欢突如其来的行程，却不能放下朋友不管，所以我马上把手头的工作交给两位信得过的同事，出发前往罗马。三天后，我抵达了车站，福尔摩斯在那里接我。

“来得正是时候，亲爱的华生，一早我们就要出发去佛罗伦萨。”福尔摩斯看起来很兴奋。

马车送我们回家时，他跟我讲了事情的最新进展。

“龙布罗梭已经蠢得无可救药了，不过我还是要试着阻止他。上周，我和他一起去参加了帕萨诺小姐的一场降神会。她解析了龙布罗梭的梦境，字字准确，龙布罗梭几乎当场昏过去。他说，这个女人就像侵入了他的思想，甚至连他最私密的想法都知道，那些想法他可从没和别的人说起过。她和她的几个顾问都精得很！现在她向我发出挑战，看我能不能在她的下一次降神会上揭发她。降神会明晚就在佛罗伦萨举行，那时我将证明她是个骗子。估计我的调查会受到他们的大力阻挠。”

“他们也不看看自己的对手是谁。”我说。

“你这么说我可要难为情了，老伙计！”他咯咯地笑了。

龙布罗梭是个高个子，多年来的读书和研究却让他弯腰驼背的。见到我们，他显得非常高兴。

“真高兴你们俩都来了。”知道我不懂意大利语，他用法语对我们说，然后问福尔摩斯，“你还是不相信吗？”

“对，我非常好奇她是怎么做到的，”福尔摩斯回答，“连龙布罗梭教授都被这个伊莎多拉·帕萨诺的江湖骗术套进去了。”

“你误会了，我的朋友！她真是个灵媒，我很确定，她有直接和灵魂世界沟通的能力。不多说了，我们走吧，去降神会还有一个小时的路程呢。”

我们坐进了一辆在一旁等候的马车，西行前往比萨。

“我们要到菲耶索莱去，降神会在美第奇家族的一栋别墅中举行。”

“很好。”福尔摩斯不无讽刺地问道，“还有什么人在场围在桌子边？”

龙布罗梭笑着说：“说出来也许会让你吓一跳，福尔摩斯。有来自牛津大学的著名的物理学家奥利弗·洛奇教授，印度思想家B. K. 马利克与女伴威妮弗蕾德·刘易斯，还有作家柯南·道尔爵士，这个人你肯定认识，另外还有神智学会的主席布拉瓦茨基夫人。”

“嗬，”福尔摩斯直视龙布罗梭，笑着说，“这些就是一般情况下的嫌疑人了。洛奇教授近年来从面很窄的物理问题转而开始研究神学的那些胡话，所以对于他的出席我并不惊讶。马利克是个骗子，曾经是从加尔各答来的逃难者，幸运地傍上了几个天真好骗的女人，我的朋友威妮弗蕾德就是其中之一；他擅长写些标题花哨的书，最近的一本书名叫《思绪如潮》，里面净是些陈词滥调。至于我的朋友道尔，这个可怜的家伙已经失去理智了！布拉瓦茨基夫人是出席者里面唯一的一张新面孔，她的头衔可真是华而不实。”

“肯定还有其他人来，可能会有惊喜呢！”听了福尔摩斯讽刺的话，龙布罗梭有些赌气地说。

教授又向我们介绍，举办降神会的别墅是由洛伦佐·德·美第奇①亲自设计建造的，房产历经几代都在

① 洛伦佐·德·美第奇（1449～1492），意大利政治家、外交家、艺术家，文艺复兴时期佛罗伦萨的实际统治者。——译注

美第奇家族的名下。十八世纪末，该家族逐渐没落，最终将它卖给了高索里家庭。后者负担不起维护的费用，将别墅转卖给了一个从纽约来的女富翁，她在丈夫死后搬到了意大利。她出生于纽约的一个富人家庭——麦克弗森家族，后来嫁给了一位名叫阿瑞基侯爵的意大利贵族，他是意大利议会的议员。第一任丈夫的死使麦克弗森夫人开始相信唯灵论和与招魂相关的活动，她是第一个为伊莎多拉·帕萨诺提供支持的人。

“我想，侯爵夫人一直对前夫念念不忘，侯爵知道了一定会很高兴。”福尔摩斯嘲讽道。

龙布罗梭被福尔摩斯激怒了，不再多说什么了。

我们到了那里，立马被领进了一间烛火通明的大厅。

“华生，你看，四周漆黑一片。环境越暗对我们的对手越有利。”说完，他轻轻地笑了几声。

我们坐了下来。

洛奇教授先开口了。

“在座的无论是无神论者还是信徒，我们都表示欢迎。在座的人，除了福尔摩斯先生和华生医生，都相信精神世界的存在，也相信我们能和我们在另一个世界的亲人对话。使这成为可能的正是坐在布拉瓦茨基夫人身边的这位具有超凡能力的姑娘，来自那不勒斯的伟大灵媒伊莎多拉·帕萨诺。我们要开始了。还有人要发言吗?”

布拉瓦茨基夫人马上站起了身。

“我有话要说!”她用低沉的声音说，“我们在座各位所信奉的唯灵论遭到了所谓的世界上最伟大的侦探的幼稚的怀疑，我感到非常遗憾和愤怒。也许我们本不应该让他参加这次活动，但要是他留下，我希望这次的经历能让他改变主意。我也希望，他能够对即将发生在这个房间里的事情作出公正的评价。”

福尔摩斯立即回答道:“尊敬的夫人，我来这里是受龙布罗梭教授之邀。据我所知，他是贵协会的主席，因此，除非他让我离开，否则我会继续留在这里。对我之前提出的严厉指责，你们还没有人能够给我满意的答案。另外，我来这里是为了证明你们经历的真实性。你们相信精神世界的存在。我告诉你们，我衷心地希望你们是对的，我是错的。不过，在你们向我充分证明这位姑娘的能力之前，我还是对此持怀疑态度。”

柯南·道尔起身说道:“这位来自那不勒斯的姑娘已经为我们举出了招魂说最具说服力的例子，让我多年来的研究找到了新的方向。福尔摩斯可能会表示怀疑，不过我是知道他的，他向来十分公正，而且过去也曾揭露了很多靠招魂行骗的骗子。我建议，让福尔摩斯在降神会之后的讨论中重申他的立场。”

“很好，这个主意不错，亲爱的道尔。”洛奇教授说，“那我们可以开始了吗?”

洛奇教授先让我们每人喝了一小杯酒，然后让我们拉起身边人的手。没有人闭上眼睛。伊莎多拉·帕萨诺发出了一声痛苦的呻吟，她的脸变得扭曲起来，她的身体都快扭得变形了。我突然被她可怕的外表吓到了。福尔摩斯却无动于衷，一副神秘莫测的样子，注视着姑娘的一举一动。接着，怪事发生了：我没有被吓得冲出房间，反倒忍不住大笑了起来。其他人也在笑，起初是轻笑，后来几乎是在咆哮。

伊莎多拉发出了一声可怕的尖叫，然后说："有人的灵魂降临在我身上了！一个我不认识的人！"

一个古怪的声音从桌子边上的盒子里传出来。那是一种我从未听到过的声音，像是火焰发出的噼啪声。

房间里静了下来。

一个男人的声音从伊莎多拉口中传了出来。

"约翰，你在吗？我是你失散多年的舅舅彼得·汤姆金斯。你听得到吗？你的父母就站在我身边，等着和你说话呢。"

这时，我控制不住自己的情绪，大声呜咽起来。尽管这个声音我从没听过，可这口音却是陪伴我长大的乡音。

"你到底是什么人？"我问道，擦干满是泪水的双眼。

"我是你母亲的哥哥。告诉你的朋友们我为你做的事，告诉他们你上周回伦敦的原因。当心，不要上了损友的当。"

在一股力量的促使下，我把舅舅遗产的事情和盘托出，压抑不住激动的情绪。

“彼得，你在哪儿？”我问道，试着控制住情绪。

然而，回答我的却只有寂静。

伊莎多拉慢慢恢复了常态，走出了房间。

“这下你满意了吗？”洛奇问。

我正要点头，却感到福尔摩斯用手使劲地在我的手上掐了一下。

“洛奇教授，恐怕我的裁决要让你失望了。不过，要是我把这一切解释给你，听完后你会更加失望。我们该从哪里开始呢？”

一阵沉寂。

福尔摩斯等了一会儿，注视着每个人的眼睛。

“好吧，那我就开始说明了。首先，我要告诉你们，刚刚洛奇教授提议让我们喝的那一小杯酒里面含有少量曼陀罗，这种源自印度的药物会使人先是歇斯底里地笑，接着流泪，之后便口无遮拦，只讲真话。这种药物是由布拉瓦茨基夫人提供的，她最初则是从马利克教授那里搞来的。没错吧？”

马利克站了起来，承认他确实提供过曼陀罗。

“可它的用途是让我们保持放松。降神会不会受到它的影响。”他说。

“好吧，那么，马利克教授，你相信刚刚听到的声音是华生医生失散多年的舅舅发出的吗？”

“当然了！你为什么不相信呢？”

“我之所以不信，是因为我的朋友，住在伦敦市贝克街221B的医学博士约翰·华生从未有过名叫彼得·汤姆金斯的舅舅，也没有其他什么舅舅。所以你听到的这个声音只能是其他人的。”

“可福尔摩斯，我所说的有关我的舅舅和遗产的事情都是真的——”

“没错，华生，在你看来那确实是真的，但不幸的是，其实那些都是假的。”

龙布罗梭站起来，对福尔摩斯大吼大叫。福尔摩斯耐心地等着教授消气。

“你太过分了，福尔摩斯。你也亲眼看到了，这次的实验一点儿都不比你自己实验室里的那些差。你的挚友也被他舅舅的话感动得热泪盈眶了。要不是你毫无根据的怀疑，我们本不该知道这些的！”

“龙布罗梭教授，请你先让我解释一下我的判断。这个资料袋里面有我要告诉你们的一切。原因很简单，根本没有，也从来没有过彼得·汤姆金斯这个人！我是怎么知道的？因为这个人是我杜撰出来的，我还向控制了那位无辜姑娘的团伙提供了他们所需要的信息。请原谅我，华生，因为遗产也是假的。将你从舅舅那里继承了一大笔遗产这样的信息传达给帕拉迪诺团伙，你对他们来说就成了一个无法抗拒的诱饵。为了获取这笔不义之财，他们才会让他们最值钱的财产——帕萨诺小姐来这里参加降神会。”

“可那些律师是怎么回事？福尔摩斯，他们都是货真价实的啊，他们对汤姆金斯的事毫不疑虑。这又是为什么？我大老远地回伦敦就是为了见赫里欧，他是律师事务所的合伙人。”

我刚说完就发现福尔摩斯的眼神和赫里欧律师很像，毫无疑问，那就是我在伦敦见到的那个赫里欧先生的眼睛。

“福尔摩斯！”我叫道，“原来那个律师是你假扮的！”

“是的，老伙计。要反驳他们这是最简单的方法。如果你们对我的话还有什么疑惑，欢迎到康沃尔郡或伦敦的赫里欧办公室垂询。老伙计，很抱歉让你专程回了趟英国，可我当时实在想不出既能让你直接从律师口中听到这些内容又能保证我的计划在这次降神会之前不被发现的其他办法了。我看布拉瓦茨基夫人有话急着要说。让她先说吧。”

神智学会的主席看起来很生气。

“你很聪明，福尔摩斯先生，可你骗不了我。这是你又一次对别人的善意进行无耻的指责。要是你不相信灵魂存在，那就把它留给我们这些能够看到人性觉醒的人吧！福尔摩斯先生，你怎么证明这个手段不是你设计好了之后联合你的密友自导自演的？”

“原谅我，夫人。我并不反对你唤醒人性本质的愿望。我反对的只是一群臭名昭著的贼用这种错误的、几近诈骗的手段利用这个可怜的姑娘实现他们自己的利益。

我并没有把你算在里面，夫人。你不是罪犯，你也只是被姑娘那损人利己的上司骗了的受害者而已。要是我说的有一句假话，你都可以和康沃尔郡的赫里欧先生对质，他可以证明我所言不虚，并且本意是好的。”

我们身后的木箱突然发出噼噼啪啪的响声。

布拉瓦茨基夫人笑了：“你听听，福尔摩斯先生，地狱之火要把我们包围了。”

“完全不是那么回事，夫人。你称作火焰的东西其实是无线电波产生的干扰。盒子的发明人，意大利的马可尼和纽约的特斯拉向我展示过这个发明。我和这两位先生一起共事过，实际上还为提高接收时的清晰度做了几点改进。你瞧，夫人，为了继续和人类的无知作斗争，我得跟上知识的新发展。而你，作为少数受过教育的人，却满足于维护旧的封建秩序。是你，而不是我，使人类仍在贫穷中挣扎，无休无止地对权贵卑躬屈膝。”

布拉瓦茨基夫人坐了下来，显然是被福尔摩斯的话说懵了。其他人都不做声。

福尔摩斯向主席点了点头，我们离开了，让其余的人自己来判断刚刚发生的事情。

穿过前厅时，龙布罗梭叫住了我们。他走近时，我能看出他对福尔摩斯的表现非常吃惊。

“怎么了？”福尔摩斯问。

“现在我相信你了。”龙布罗梭说，“伊莎多拉也承认了她是跟尼古拉·吉奥奇学的。他是我父亲的贴身男仆，知道我们的每件事，他把这些都卖给了帕拉迪诺团伙。”

他向我们伸出手，我们握手言和。

“快7点了。我们一起在广场吃晚饭吧！”我说。

“好极了，”龙布罗梭说，“我们去梦游女餐厅吃饭吧，那可是托斯卡纳最有名的餐厅。”

特兰奎巴[1]异闻案

那是一个平静的日子，福尔摩斯响亮而坚定地宣布，他要整理一下文件。可他喝完早茶后，却拿起小提琴，胡乱地拨了几下琴弦，又说琴弦该换了。等他拿起琴演奏帕格尼尼的曲子的时候，早把整理文件的事撂在一边了。

琴声优美动听，不过一如往常，他没有将一首曲子连贯演奏完，而是将浪漫派小提琴曲作曲家布鲁赫、柴可夫斯基、贝多芬、门德尔松和勃拉姆斯等人的作曲片段结合成了一首曲子。

我静静地听着悠扬的琴声。

---

① 特兰奎巴是1620年至1845年间丹麦在印度的殖民地，也是丹麦东印度公司在亚洲的根据地，1845年丹麦将其售予英国。——译注

就在这时，传来了敲门声。我们俩一听就知道是哈德森太太。

“福尔摩斯先生，有个人非要见你。他都跟着我上楼来了。你呀，进来吧！”

一个头戴绿色毛线帽、身披黑色斗篷、穿着古怪的中年男人走进房间。男人把帽子摘下，只见他形容邋遢，蓬乱的头发板结在一起，面色蜡黄，脸上脏兮兮的，一看就是个连日在外奔波的人。他的裤子上满是泥点儿，一根绳子代替腰带系在裤子上，黑色鞋子和薄长袜上也沾满了泥。男人眼眶发红，眼睛有些浑浊。我在行医时见过这种病症，知道这是吸食鸦片上瘾的症状。

总的来说，这是一个身体状况不佳、近乎无礼的怪人，我暗想。

“福尔摩斯先生，我需要你的帮助。帮我想想办法，不然我会发疯的。”

“不必客气。你是……”

“麦克米伦，我叫约翰·麦克米伦，先生。”

福尔摩斯仔细打量着这个男人，就好像在看一幅缺少主要部件的拼图。

“看得出，你前一天在海德公园逛了好半天……接着被……不知什么东西袭击了，斗篷被弄脏扯坏了。”

听了福尔摩斯的话，麦克米伦显得很吃惊。

“你的观察力太了不起了，福尔摩斯先生！你说得没错。”这位客人说。

“让我猜猜，”福尔摩斯接着说，“你出生于印度，在十八九岁之前一直住在那里，之后你就搬到英国来了。期间你在意大利待过，你在那里的工作是为一位贵族女性当助理，后来到阿布鲁齐定居。那位女士还通过关系帮你在英国政府驻那不勒斯的总领事馆弄了个低级官员的职位。在此之前，你没有固定的工作，通过做家教和不定期地在佛罗伦萨的一家男子学校教书养活自己。现在，你在萨塞克斯大学兼职做看门人。”

“简直神了！先生，全都被你说中了！你是怎么知道的？”

“这没什么稀奇的，麦克米伦先生。我得出这些结论并没有经过复杂的推理。我只是观察到了以下几点：你戴着一枚挺大的校戒，我曾见过马德拉斯①的古德斯托克学校的学生戴这样的校戒。如今在伦敦的当铺里，类似的戒指并不少见。这枚戒指你已经戴了好几年了，一直没摘下来，现在对你的手指来说它显得太紧了！另外，尽管你的英语很地道，却带有南印度德拉威语特有的轻快语调。最后，你的帽子是阿布鲁兹的一个小村庄的特产，在意大利很少有人戴，帽檐上印有过去经常颁发给名誉领事的印章。闲话到此。先生，能将你的困境说给我和华生医生听吗？快别站着了。我看你被前一阵子发生的事累坏了。”

① 马德拉斯：印度城市金奈旧称。——译注

“福尔摩斯先生，我的故事要从印度说起，那个地方我三十年前就已经离开了，如今却像梦魇一般缠着我。无论怎样，让我把事情的原委告诉你吧！五十一年前，我出生于马德拉斯，是休·麦克米伦和玛丽·麦克米伦的儿子。我的父亲是极负盛名的《马德拉斯观察报》的编辑。我是名尖子生，在学业上获奖颇丰，因此，我的父亲有一天告诉我，出于他对印度的热爱和对我学业的奖励，让我前往英国定居之前在印度做一次徒步旅行。他说，他将为我支付所有旅行费用，并鼓励我，在旅行中不仅要和我从小到大惯于相处的富人们结伴，还要结识穷人，他们是印度真实的写照，我的同胞们却认为，他们的生活无趣至极，一直回避与他们接触。

“我欣然接受了这个提议。想想吧，福尔摩斯先生，多么好的机会呀！我制订了详细的行程，决定先沿海岸南下到科摩林角，再北上西高止山脉，然后前往内陆的宗教地区。启程之前，发生了一件事，几乎使我放弃行程。不过我坚持了下来，并在十五个月的旅行结束后回到了马德拉斯。”

“发生了什么事？”

“事情发生在一个地图上找不到的小地方，名叫特兰奎巴。”

“啊哈，那个地方，”福尔摩斯说，“那儿有丹麦人建的要塞和德国人建的修道院——我记得是路德会的修道院。大约一个世纪前，我们国家占领了那个要塞和附近地区。”

“又被你说对了，福尔摩斯先生！我以前去过那座村庄几次，村里有两座庙就在海边，庙的墙壁上画满了美丽的壁画，丹麦人和我们英国人却完全忽视了这样的美景。有时候，我会在海边坐上好几个小时，倾听海浪的声音，之后帮渔民们撒网。

“启程前的那天晚上，我告别了渔民。那时候已是黄昏，海面上很平静，但海风即将到来。我怕不久会有风暴来袭，决定在修道院的客房里借住一晚。我从一条熟悉的小道穿过修道院附近的茂密丛林。

“就在那时，可怕的事发生了：忽然有人从背后抓住我，把我按在地上，把我的双脚和手腕紧紧地反绑在一起，并且堵住了我的嘴，使我无法呼救。当时天色很暗，那些抓我的人没有出声。他们赤裸着上身，腰间系着当地渔民系的腰带。我永远都忘不了他们的怪异之处：他们的脸被涂成了金黄色，可能是涂了发光的药膏，在黑暗中闪闪发光，就像无数金甲虫发出的荧光。他们一言不发地把我抬到了树丛里一个隐蔽的地方，将我面朝下扔在地上后就消失在了黑夜里，可他们的脸就如同幽灵一样飘浮在空中。

“一直到黎明，我都在令人窒息的恐惧中度过，不仅因为我被绑得疼痛难忍，还因为我害怕自己就那样死去，连个知道我已死的人都没有。”

麦克米伦说到这里，突然抽搐起来，呼吸急促，差点儿从椅子上摔倒。

我一把扶住了他。

“扶住他，福尔摩斯，我检查一下他的心率。”我说。

他的心脏跳得很快，不过心率很稳。我给他喂了一点儿盐水。

他坐起身后连声道歉。

“很抱歉，福尔摩斯先生，但我害怕极了。”他说。

“后来呢？”福尔摩斯问，“事情还远不止这些吧？”

“当时，我不断地挣扎，试图解开绳索，却没能成功。听到野兽在四周走动的声音，我非常害怕。天亮时，我的手腕被磨得血肉模糊。黎明时分，我看到一个修道院的修女走了过来，她穿着灰色的衣服，遮着脸。她把捆绑我的绳索割断后很快就消失在丛林中。我终于松了一口气，很快就昏睡过去，直到中午才醒过来。

“我没有去修道院，而是走到海边，跳入冰冷的海水中。咸涩的海水刺得我受伤的手脚生疼，却让我感到宛如获得了新生。休息一下后，我决定继续我的行程。

“我按照计划继续徒步穿越印度，到达旅程的终点孟加拉时和我父亲会合，然后一同前往神像寺庙和其他宗教场所之乡——普里。到了阿萨姆邦的高哈蒂市时，我父亲告诉我，他已经为我安排好了去英国念大学的事宜。听到这个消息我非常高兴。我和他一起回到马德拉斯之后不久，我就去了伦敦，开始了新的生活。

“关于我的职业你都知道了，福尔摩斯先生。大学毕业后，我成为了在苏塞克斯的欧弗布鲁克学院的一名教师，一教就是七年。之后我被校方派到了意大利，给在罗马的英国孩子们当家教。此后，我又当了几年副总领事，最后回到了伦敦，在霍舍姆的格林德里学校担任校长。”

“我还是没有明白你来这里的原因，麦克米伦先生。”福尔摩斯显得有些不耐烦。

我们的客人脸色发白，有些虚脱地瘫坐在椅子上，吃力地继续讲下去。

“先生们，请你们听我说完。”他哽咽着说道，“三天前，我从霍舍姆来伦敦看望一位朋友。昨天傍晚，日落时分，我穿过海德公园向朋友家走去。那条路我之前已经走过好几回了。我突然看到了我在特兰奎巴的那个寒冷的夜晚看到的那些戴面具的人！我当时以为自己产生了幻觉，于是在长椅上坐了下来。然而我很快就确定，这不是幻觉：那些怪物向我走来，诡异的脸上没有一丝表情。我被吓坏了，却叫不出声，之后便昏了过去，所以对后来发生的事情一无所知。我醒来时，发现自己像上次一样被绑住手脚扔在浓密的树丛中。我试图挣脱束缚，却无济于事。拂晓时分，我听到有人来了。依旧是那个修女，穿着和以前一样的灰色衣服，她剪断了捆绑我的绳索然后消失在明媚的晨光间。我坐起身，发现自己还在海德公园。”

福尔摩斯直视着客人，说道：“麦克米伦先生，你所说的这件事几乎是不可能真实发生的，可能是因为这件事已经给你造成了很大的心理压力。不过我却在其中发现了一些很有意思的地方。我接下你的案子了。不过你得先离开伦敦，马上回家，直到我找你之前都不要出门。请把你的地址留给我。另外，不要把你刚才说的事告诉任何人。”

“福尔摩斯先生，你说的这些我都答应。我马上就回家等你。”

麦克米伦先生虚弱得几乎站不起身。

我把他送走后，回到福尔摩斯身边。他正透过窗帘目送麦克米伦离开贝克街，走进来往的人群中。

“华生，你怎么看？”他问。

“太离奇了，福尔摩斯。这个人要么是个骗子，要么就是得了严重的妄想症。”

“他走路的速度很快，似乎从痛苦的经历中恢复得也相当快。”福尔摩斯像往常一样踱着步。“有意思，华生，真有意思。面具人。要是你的说法没错，那这件事可真是怪异而荒谬，不值得我们费神。但我觉得事情可没那么简单。理性地排除一切不可能，剩下的再不可思议也是真相。这个事件中有很多不可能的因素，至少目前看来是这样。我们先仔细想想吧。”

“福尔摩斯，那个人绝对疯了，要么就是个爱吹牛的人。坦率地说，我可不愿意为这件事浪费时间。他为什么特意来找你这个世界上最伟大的侦探呢？”

“这个问题问得好，华生。对此我还没有满意的答案，不过到时候就会知道了。你有没有发现，他对我随口提到的有关他的过去很快就承认了？他由我来解释他的遭遇，而不是自己说出真相。他的故事显然很不完整。要是他是瞎编的，为什么他不说这事发生在意大利呢？很明显，要是那些面具舞者是他脑中产生的臆想，就算他在意大利，他们也会找到他的。走吧，华生，去海德公园转一圈儿对我们有好处。麦克米伦先生可能发生意外的地点并不多。让我们看看能不能找到什么线索。我的那些拾荒情报员一定看到过那个人。我们向他们问一下情况再调查吧。”

“可以啊。”我同意了。

“睁大眼睛看好了，华生！”

“怎么？”

“任何实质的物体都有可能是麦克米伦先生——该怎么说——遭遇的，就说是他遭遇的吧。”

福尔摩斯对海德公园了如指掌。他经常在考虑事情的时候去那里散步。然而这次，海德公园本身成了谜团的一部分。我们离开牛津街，来到了伦敦最龌龊的角落，城市犯罪与绝望的所在。在这里，醉鬼、饥饿的乞丐、穷困潦倒的人和其他装病的人竭尽全力在数百只鸽子的咕咕声中生存。

福尔摩斯停下了脚步，示意人群外围的一个人过来。

“你好，哈利。”福尔摩斯说。

一个衣衫褴褛的人向我们走来。

“你好啊，福尔摩斯先生。这是你的搭档吧?”

“没错，哈利，这位是著名的福尔摩斯系列侦探小说的作者华生。”福尔摩斯说，“哈利，我们有问题要问你和你的伙伴们。最近这几天，你们有没有见过一个戴绿色毛线帽的男人?”

哈利点点头。

“见过，福尔摩斯先生。你是说麦克米伦吧？他现在不在这里，不过我们认识他。他经常来这里，在树下打盹儿——喏，就是那边那棵树。对那家伙我可熟着哩！那个古怪的有钱人经常干坏事，福尔摩斯先生，他今天勒死了一条大狗，就在那片灌木丛后面！他把可怜的狗吊在树上，然后用力拉绳子。我们不准他再来这里了。”

“哈利，带我们到你说的那个地方去。那条狗呢?”

“据我所知还在那儿呢，福尔摩斯先生。这边走。”

我们跟着哈利来到了公园里一个十分隐蔽的地方。园艺工人大概好几周都没有清理过这里了，地上堆满了枯树叶，无人打理的草地还有花朵腐烂的气味使我感到一阵恶心。一棵高大的橡树上吊着一条已经僵硬的死狗，狗的眼睛大睁着，仿佛在向我们求救。

福尔摩斯在草丛中搜寻着什么。

“这景象可真是让人心惊啊，不是吗，华生?”

“这是犯罪行为，福尔摩斯。这种残忍的行为应该受到惩罚。不过据我所知，英国还没有保护动物的相关法律。”

福尔摩斯沉默了一会儿，然后转身对我们说：“哈利，老伙计，你肯定这是麦克米伦干的吗？”

“当然了，福尔摩斯先生。当时我就在这里，想阻止那个家伙。那条可怜的狗把我的衣服都撕碎了，还把麦克米伦穿的那身花哨的斗篷也撕烂了。”

我们走回哈利的伙计们身边。福尔摩斯递给他几英镑，然后我们离开了。

“对比出真知啊，华生。”我们回到家中后，福尔摩斯说，“这是亘古不变的真理。这些区别反映出了不少找出犯罪的真相所必不可少的元素。不过我们只知道事情的一小部分，因此演绎科学可以帮助我们这些不在场的人弄清当时到底发生了什么：一个修女、一位父亲、头戴绿色帽子的男人、一条死狗……”

“还有魔鬼般的舞者，”我笑着说，“可不止一条死狗。”

“没错，华生，老伙计。还有呢，我的朋友，我们得觉察到故事里面缺失的部分：去世已久的亲人、在监狱中的联系、在某家机构中的大人物。所有的这些都潜移默化地影响着这个男人的行为。在这种情况下，我们可能会问：谁是麦克米伦的母亲？难道他只有父亲吗？她没有在麦克米伦的故事中出现过，我们也不知道她是个怎样的人。可是为什么他只提到了双亲中的一方而不是双方？或许麦克米伦本人都不知道原因，甚至连母亲是谁都不知道。或许他在故意隐瞒自己的英印混血血统。毫无疑问，他是个混血儿。他还隐瞒了什么，或者说他还想隐瞒什么呢？”

福尔摩斯穿上长袍，点着了烟斗，继续他的推理。

“华生，也许麦克米伦把他所知道的东西都如实地告诉了我们，只是无意识地漏掉了故事剩下的部分。我们假设，他一开始是来向我们寻求庇护的，以躲避那些缠上他的、如同幽灵般却又真实存在的魔鬼。他希望我们能揭开那些人的面纱，把他从那些人的恐怖威胁中解救出来。那就意味着，你所谓的那些魔鬼舞者在故事中是真实存在的。我们现在需要的是证据。”

他走到书架前，拿出一大本书，翻阅起来。

“啊哈，老伙计，找到了。我手上这本书是鲁派克著的《南印度重要人物》，我找到麦克米伦名字的条目了。在这里：‘麦克米伦·休，《马德拉斯先驱报》的编辑，基督复活教堂的牧师，1878 年死于马德拉斯的家中。当时的情况非常可疑，只有警方知道实情。麦克米伦遇刺而死。谜团尚未解开。’”

“福尔摩斯，这显然与他所说的情况不同。故事肯定还有另一个悲情的版本。”

“我们接着读下去吧，华生，这样我们就能把这些线索连成一条线了。让我们接着看特兰奎巴，看这里：‘特兰奎巴，英国在南印度的殖民地，罕有人迹。当地有个小修道院，里面住着印度血统的修女。隶属奥地利的圣格特鲁德修道院，位于马尔伯勒路6号。’走，华生，我们现在去修道院。我找到头绪了。”

没过多久，我和福尔摩斯就来到了圣格特鲁德修道院。修道院被高大茂密的灌木遮得严严实实，我们走到大门前，才感受到这座建筑的气势所在。我猜测，过去它可能曾是马尔伯勒家族的豪宅。马尔伯勒家族已不再显赫，院中显得破败而冷清。

福尔摩斯边慢慢地走着边仔细观察着四周。我默默地跟在他身边。我们走到入口时，看到一个穿灰色衣服的修女正在那里等我们。她个子偏矮，体型丰腴，面色红润。和我们打招呼时，她显得愉快而友好。

“不好意思，我们这里平时几乎没什么人来，突然有人造访叫我惊愕至极。你们看起来不像是坏人。请问你们是谁?”

“我是福尔摩斯，这是我的同事约翰·华生医生。我们想见这里的院长，要是她有空的话。”

“请问你们找院长有什么事吗?”

“是关于一个来自马德拉斯的先生的，他名叫休·麦克米伦。”

修女行了个屈膝礼，示意我们等在一间小休息室中。

过了一会儿，刚才接待我们的那个修女回来了。她带着我们走到一条走廊的尽头，那里站着一位高个子女性，她脸色苍白得有些瘆人，从衣着来看，她就是修道院的院长了。

我们跟着她走进了一间大办公室，她示意我们坐在她的对面。

“我是格特露修女，修道院的院长。请问你们来这里有何贵干？”她问。

“事实上，”福尔摩斯说，“我们此行的目的相当复杂，甚至可能会需要你们进行驱魔。”

“我们从未收到过这种请求。我想，你们去请求主显节教堂的艾尔弗雷德神父更合适些，那座教堂离这儿一英里远，也在马尔伯勒路上。”

她似乎已经准备离开，站起了身。

这时，福尔摩斯说：“拜托了。我有几个对我的委托人来说非常重要的问题要问。尊敬的修女，我要问的问题和一位名叫休·麦克米伦的先生有关。请问在马德拉斯你听说过他吗？”

“不好意思，他是我的父亲。”她心不在焉地回答。

她打住了，似乎不愿多说。

“你们的委托人是谁？”她突然问道，“肯定是我哥哥约翰吧？如果是那样的话，请带着你们的问题快点儿离开吧。我希望你们能在几秒钟内从我眼前消失。很抱歉，我对于你们所说的有关我父亲、我哥哥的事不感兴趣。”

“那么，你的母亲是谁呢？对她我一无所知。”福尔摩斯说。

修女的话匣子突然打开了：

“我的母亲是一个有英国血统的好女人。她嫁给我父亲是因为他既英俊又成功。可同时他也是个狂热而腐败的人。

“我哥哥出生不久，我父亲在当地找了个情妇。得知此事后，我母亲用尽全力挽救婚姻，甚至为此怀上了我，她的第二个孩子，可仍无济于事。我哥哥出生后，我父亲就消失了。他们很少见面，就是见了也十分平静。最后，她成为了这个修道院的成员，后来死于特兰奎巴。我在修道院被她带大，在她去世时我已长大，有能力左右自己的未来了。我决定留下。

“我哥哥约翰和我的父亲一起住，父亲的情妇却将他轰到了一间单独的房子中。他们之间的关系很微妙。后来，他们之间发生了激烈的争吵和猜疑，我父亲被那个情妇杀死了，也可能是被我哥哥杀死的，不过他们都没有受到指控。据我对约翰的了解，我相信，他不可能做这么残忍的事。

“福尔摩斯先生，我一直致力于这里的宗教事业，对我的双亲都不怎么了解。我父亲去世的消息在他的葬礼过后几个月传到特兰奎巴的修道院时，我正在静修。约翰离开马德拉斯之前来和我见过一面。在过去的三十年间我只见过他几回，尽管在此期间他一直都住得离我不远。还有件事，说出来有些难为情：我曾在经济上资助过他，给他在霍舍姆的账户寄过钱。

“这个修道院是小小的冥想处，福尔摩斯先生，我之所以选择这里，是想通过冥想获得心灵的宁静。要是我告诉你，这是我在过去的六个多月里进行过的最长的谈话，你可能会惊讶。我把所有的时间都尽可能地花在静修上。我对外面的世界一点儿也不感兴趣。我们总共只有七个修女，都将毕生奉献给了圣格特鲁德修道院。”

福尔摩斯安静地听格特露修女把话说完。

“我相信，你应该能理解，像我们这些必须与隐居生活以外的世界打交道的人肩负着不可推卸的责任。比如我，就不得不再耽误你点儿时间再问几个问题，尽管你会觉得我纠缠不休。我尽量说得简单明了些。”

“好的。不过要是我在你说完之前离开请不要惊讶。”

“你的父亲脾气不好而且非常信奉宗教，”福尔摩斯说，“我听说，他还是个残忍的人。”

福尔摩斯的话似乎让她很不安，一时间她沉默了。

“他曾在教堂里杀过一条狗，”她轻声说，“这使他恶名远扬，尤其是那些相信狗是来自神明的报应的传说的人更为此不耻。当时，教堂里有很多人。他看到那可怜的动物在觅食，于是在教徒面前吊死了那条狗。我当时不在场。那条可怜的狗在之后几个星期一直是人们谈论的话题。我的母亲很难过，我哥哥愤怒至极，用铁棍打伤了父亲。他们就此决裂，据我所知，此后他们再也没有见过面。”

她领着我们走到一片绿地边。一个园丁正在那里干活。这时，她想起来，她本应该在修道院门口和我们告别的。于是，她的脸更红了，飞快地转过身，跑回了修道院。

那个园丁是一个结实的中年男人，当我们走到他身旁的时候，他点了点头。

“请问你能帮我们一个忙吗？”福尔摩斯说，“你叫什么？”

“贾德森，亨利·贾德森。我们不常和陌生人说话，这是不允许的。不过，反正我快要离开这里了，所以也无所谓。你们有什么事吗？呃……怎么称呼？”

“福尔摩斯，夏洛克·福尔摩斯。我是一名侦探。这是华生，我的助手。告诉我，贾德森先生，再过几个星期，伦敦的花就都开了，到那时这个花园里会有金甲虫吗？”

“你问这个问题可真是奇怪。没错，这里会有金甲虫，但现在没以前多了。前三年，那些修女们常让我去抓金甲虫，然后把发光的虫子放进玻璃罐里。可能她们觉得这是一种可以帮助减轻头痛的好药材，但我自己没有试过。”

“晚上有没有人来过这里？”

“有，那是一个奇怪的男人，应该是格特露修女的朋友或者亲戚吧。他在这里待了好几晚，就算是寒冷的冬天也不例外。有时候她或者其他的修女会让他进屋去。”

“他有没有在这里埋过什么?”

“嗯，我记得，不久前的一个晚上，大概一个月前吧，他醉醺醺地来到园子里，挖了个坑，然后把一个木盒子埋了进去。然后，他又把盒子挖了出来，我当时以为他疯了。他把土填回坑里后，把木盒子放在大门边。他走后，大约午夜时分，我听到有人打开了大门，一个修女出门把盒子拿进屋去了。这真是件怪事，我是说，这对我这么个普通人来说实在是太奇怪了。”

“非常感谢你对我们的帮助。贾德森先生，请允许我再问最后一个问题。你知道那个戴绿色毛线帽的先生住哪儿吗?”

“当然，福尔摩斯先生，他跟我提到过他的住处。我没记错的话，他在霍舍姆的富勒姆路。”

我们告别了园丁。

我不由得揣摩起了福尔摩斯下一步的举措。

“虽然这有可能只是在浪费时间，”他说，“但我还是想去见一下我们的委托人。他住在霍舍姆，如果我们现在出发，不到两个小时就能到了。”

我们搭乘最早的一班火车 1 点左右到达了目的地。路上，福尔摩斯一直沉默，一直保持着冥想的姿势。

我们一到站，他立即充满活力地跳了起来。

我只能尽量赶上他的步伐。

“我们这是要去哪儿？”我问。

“富勒姆路 41 号。不过在此之前，我们得先与站长谈谈。”

站长对福尔摩斯说：“你是说那个戴绿色毛线帽的男人吗？我认识他，之前见过他。那天早上，他来买车票，我想，他是要去东印度。那时候天还没亮。他为费茨威廉老爷工作，他们曾做过一些植物实验。但是费茨威廉后来去了美国，这个古怪的家伙就独自留在这里了。”

“快，华生，我们得回伦敦，越快越好！可能我们已经晚了，让麦克米伦捷足先登了。”福尔摩斯说，“我一开始就应该看穿这一切。可我没有！也许现在说这些已经于事无补了。”

大约下午 5 点，我们到达了伦敦。福尔摩斯雇了一辆马车，叫车夫驶往海德公园。进了公园后，我们走到哈利之前带我们去的那个脏乱的角落。在一堆很高的橡树叶中，我们看到了一条垂在那里的腿，膝盖下的部分裸露着，脚上穿着白色的袜子和黑色的鞋，上面挂着一个绿色的毛线帽。福尔摩斯轻轻地把叶子拨开，露出了约翰·麦克米伦和他妹妹格特露的脸。兄妹俩被绳子紧紧地绑在一起，只有麦克米伦的一条腿得以挣脱。格特露修女胸前紧紧地抱着一只木盒子。

福尔摩斯打开盒子，却发现里面是空的。

哈利帮我们找来了警察，他向我们报告了苏格兰场的霍普金斯警探的死讯。

早晨，我们在《泰晤士报》上读到了修道院发生火灾以及在海德公园发现了一具身份不明的尸体的报道。报道下面还有这样一句话：

据悉，夏洛克·福尔摩斯先生负责侦破此案。

“现在，华生，我得把这算作我的一次败仗。那个男人赢了，至少也和我打了个平手。”

“那些面具人或许会来找我们呢！”我说。

“真有这个可能。我们不能坐以待毙。华生，老伙计，从你身边的那个架子上把那本关于英国贵族的书找出来。对这个费茨威廉老爷我还要再多了解些。”

失踪的房客

在我有生之年所结交的友人中，除了夏洛克·福尔摩斯外，没有人和我之间的情谊能同杜蒙德·戴维斯相提并论了。而戴维斯的英年早逝，让所有认识他的人无不扼腕叹息。

我和戴维斯在伦敦的同一个街区一起长大，从小学一直到大学，我们都在同一所学校念书，后来又一起去爱丁堡学医。直到1878年我参军去阿富汗，我们俩才各奔东西。在那之后，我们联系过几次。有一天，他告诉我说，他爱上了一个年轻貌美的姑娘。令他惊喜的是，那位姑娘在他追求她不久后便答应了他的求婚。而现在，他正殷切地希望我能去参加他们的婚礼。

说来也巧，在收到他来信的几个星期前，我因肩部负伤住了院。现在，我已将出院的必要手续全部办妥，于是写信给杜蒙德，告诉他说，如果他和未婚妻能等我回去，我将十分乐意出席他们的婚礼。尽管伤势不重，但在坎大哈的日子里我却饱受枪伤折磨。我的指挥官认为，枪伤已构成了我提前复原、返回英格兰重过平民百姓生活的充分理由。

我回到伦敦没多久后，戴维斯夫妇举行了婚礼，在那之前我刚认识了福尔摩斯。听说我结交了新朋友，杜蒙德和他的新娘便邀请福尔摩斯一同前去参加婚礼。而令我颇感惊讶的是，在之后的几个月里，福尔摩斯和戴维斯一家成了好朋友。那时，每当这位现在已经极负盛名的大侦探即将查清犯罪真相却仍有所犹疑时，他们的家就成了福尔摩斯的最佳去处。我出诊或者遇到其他突发情况而不在福尔摩斯身边时，杜蒙德也就成了他的倾诉对象。

一天晚上，我收到芭芭拉的简讯，她说，杜蒙德在修灯的时候意外触电了。恳请我们尽快赶去。这真是晴天霹雳！一路上，我和福尔摩斯都在祈祷杜蒙德能安然苏醒过来。当我们进门听到芭芭拉伤心欲绝的啜泣声、看到当地的法医坦纳无可奈何的神情时，我们知道，一切为时已晚。

“他伤得太重了，恐怕已经没救了。”坦纳轻声说，“他准是被绊倒了，电流击中了他。”

我和福尔摩斯扫了一眼杜蒙德的遗体，不得不同意坦纳的推断。

房间里弥漫着一股布料和毛发烧焦的味道。

我们陪芭芭拉和她两个年幼的女儿一直待到了天亮。第二天下午，杜蒙德被草草地安葬了。

在丈夫死后不久，芭芭拉不得不把房子租了出去。杜蒙德突然撒手人寰，既没有留下什么遗产，也没有什么抚恤金，他留给芭芭拉的唯一资产便是那套位于劳埃德广场上的大房子。卖掉房子几乎是不可能的——劳埃德广场破败不堪，许多房屋都急需修葺，只有最乐观的投资者才会考虑在这里买房子。芭芭拉将房子简单地修了修，然后把房子租了出去，第一笔收来的房租刚好够付清修理房屋的花费。热心的哈德森太太亲自指导芭芭拉完成了出租房的改造工作。不久，戴维斯家就变成了同贝克街 221B 号哈德森太太的房子不相上下的宜居之所。

在杜蒙德刚死的那几天里，我和福尔摩斯经常去安慰芭芭拉。后来，大家见面的次数虽有所减少，但我们仍然一直通过哈德森太太和她保持着联系。哈德森太太成了芭芭拉最亲近且弥足珍贵的朋友。哈德森太太发现了一件在她看来不同寻常的事情，她认为，福尔摩斯至少应该知悉该事情的经过。在她的坚持下，我和福尔摩斯在那天早晨前往劳埃德广场造访戴维斯家。

门开了，芭芭拉满面笑容地迎接了我们。比起上次我们见到她时，芭芭拉明显苍老了许多。她的头发几乎全变白了，走起路来步履蹒跚，背也有些驼了。然而，她和我们说话时声音却很有力量，脸色也同以往一样充满生气。

“两位快请进。好久不见！”

我们坐下来，一边喝茶一边听她讲述那件困扰着哈德森太太的事情。

“我并不觉得这件事情能说明什么，可你们的房东太太却不这么认为。既然她和你们俩相处了这么久，我想，她的感觉可能是对的。”

“哈德森太太对这类事情有一种独特的敏感性，”福尔摩斯说，“她很擅长发现人们的反常举动，一些细节我有时甚至都会忽略。我会认真考虑她的想法的。请先告诉我们到底发生了什么。”

“你们都知道，杜蒙德的离世对我来说是一个巨大的打击。”她缓缓道来，“然而，痛失了最心爱的人，日子还得继续。我发现，杜蒙德除了当医生挣的收入外，并没有给我们留下多少遗产，无法让我和两个年幼的女儿维持生计。我竭尽所能想找一份工作，可我的努力总是无济于事。正是在这样的人生低谷时，我想到了可以把房子租出去。如你们所知道的，那房子面积很大，我仔细测算后发现，如果能把房子租给几个房客，我们兴许就能渡过难关了：我不仅不用变卖房产，还可以挣到足够多的钱撑起这个家。我跟哈德森太太说了这一想法，她不但表示支持，在之后的几个月里还不断地为我提供帮助。房子终于改造完毕并让哈德森太太看过以后，我接见了几个准房客。短短一个星期内，房间便被尽数租了出去。我在杜蒙德死后第一次觉得自己能坚持生活下去了。”

福尔摩斯把身子往后靠了靠，打量着房间的布局。

我注意到，楼梯就在门口，墙上挂着杜蒙德生前闲暇时画的画，书架上整齐地摆放着成排的书。

“几周前，”她继续说，“我的一个套间——原先住的是一位来自美国波士顿的作家——空了出来，于是我马上在《泰晤士报》上登出一条寻找租客的广告。应征者中有个年轻人，是一名医学院的学生，名叫伊恩·罗斯，是杜蒙德在大学里的一个熟人，不过我和他不怎么熟。他是苏格兰人，来自爱丁堡，风趣幽默，愿意并有能力提前支付六个月的房租。他知道我的悲伤往事，因为杜蒙德是医学院的外科临时讲师，杜蒙德的专长是膝盖外科。

“罗斯先生是一名完美的房客，很顾及他人的感受。他习惯于保持外貌整洁，对我的两个女儿尤为照顾。当我脱不开身时，他经常带她们去动物园玩。他的作息很不规律，夜间经常出门，常常很晚才回来。不过，他进门时总是轻手轻脚的。有时候他清晨才回来。

“大约三周前，罗斯先生来告诉我说，他要回爱丁堡深造，不久就要搬出房间了。得知他要离开我很是不舍，和朋友们在家里为他举办了一场小型欢送会，还为他准备了一份特别的早餐。那天早上 9 点，他提着两个行李箱下了楼，把箱子放在厅里，对我说，他出去雇一辆车送他到火车站。我向他点了点头，然后走进了办公室，心想，很快门外就会响起他熟悉的敲门声。后来的事长话短说。他从此再也没有出现过。一直到那天傍晚，他的行李箱都还留在那里，事实上到现在还在那里放着。我没有让任何人碰过它们。我打电话给我们的共同好友和他的大学老师，但所有人都没有见到过他。在焦急等待了两天后，我在报纸上发布了一条启事，等待回音，但一直没有任何消息，于是我便报了警。可警方却完全不当回事儿，还说，失踪案是英国警方面临的最大难题，失踪人口近来大幅上升，而警方的人手却完全不够。”

“这是人们对自己所不能理解之事的典型反应。”福尔摩斯笑着说，“这起失踪案背后的真相可能比我们表面上看到的要复杂得多。”

“还有一件事我必须告诉你，亲爱的福尔摩斯。我的邻居麦克休先生坚称，他在罗素广场的火车站碰到过伊恩·罗斯。那个人浑身脏兮兮的，穿着破破烂烂的衣服，头发蓬乱，胡子拉碴。一看到麦克休先生，他惊叫了一声，转身便跑，消失在了早上来来往往的人群中。”

“那可真是有意思了。罗斯先生很可能现在还活着。麦克休先生住在哪里？我们能和他谈谈吗？”

“当然可以，不过请你们先看一下伊恩的住处，之后我们再到广场对面麦克休先生的家中去拜访他。”

我们跟着芭芭拉上到顶楼。罗斯的住处很小，几乎不能称之为套间。套间由两个小房间组成，每个房间都有扇小窗户，一间能容下一张床，另一间要小得多，里面有一桌一椅。

“我发现你把这里打扫过了。”福尔摩斯失望地说，“真遗憾，不然我们可能会发现一些对调查有价值的东西。不过，我还是应该简单看一下。”

他趴在地上仔细地搜寻着，并对尘土、地毯布料及一切他能通过显微镜观察的东西进行采样。起身时，他从窗户探头往外看了一眼下面的街道。接着，他检查了窗户，盯着其中一扇有刮痕的窗户看了很久，然后把我叫过去，问我能否看出一些名堂。

“窗户上有洞，形状是弧形，几乎是圆形，好像曾有什么圆形的东西被按在上面反复转动过。”我说，“窗户上有些煤灰，还有蜡，位置有点儿偏高。”

“好极了，华生！现在问题来了：这个东西是什么呢？为什么要用它呢？注意看，老伙计，窗框上的这些洞是最近刚被用煤灰补上的。如果我没弄错的话，一共有四个洞，构成了一个长方形。最后，看这里，在它们的右边有一个稍大点儿的洞，直径大约半英寸，也是最近刚被用煤灰堵上的，煤灰看上去还是软的呢。把你的小折刀给我，华生。”

福尔摩斯掏出了大部分煤灰。那个孔穿透了墙壁，一直通向外面。

“有点儿意思，华生。”他好像在自信自语，“煤灰里掺着一些深色——几乎是黑色——的泥土。芭芭拉，罗斯先生走之前，你对这些东西有印象吗？”

“有的，我忘了告诉你……”她顿了顿。

“罗斯先生是一个天文爱好者。”福尔摩斯替她把话说完。

“没错，”她有些惊讶地说，“可你是怎么猜到的呢？”

福尔摩斯笑了。

“我从不臆测，这一点华生可以作证。我估计，罗斯之前租这个房子的时候曾对你说过，他想在窗户上凿几个洞，还向你保证他会亲自或请人予以必要的修补。他说，他想在这里放一架小型望远镜，由此你推断出，他是一位天文爱好者。”

“你说得没错。他临走前一天，把这些洞都给堵上了。可这些能说明什么呢？它们是不起眼儿的事情呀！”

“我的职业就建立在这些不起眼儿的事情上，你也可以称它们细枝末节，但如果发现不了这些细节，很多谜团就永远无法解开。我们的调查现在才刚开始，它们还说明不了什么，但发现这些蛛丝马迹却很重要。再看看这个衣橱。嘿，看我们找到了什么？我怎么会忽略了它呢？”

福尔摩斯在衣橱里发现了一块儿被卸下的木板。他提起木板，从下面拿出了一架小型望远镜。

“啊哈，找到了！我们来看看它是否和窗户上的孔吻合。”

望远镜上系着几根绳，每根绳的另一端都拴着一块大约两英寸长宽的金属片。金属片的大小和窗框上的那些洞的大小完全吻合。将绳收紧，望远镜就固定住了。

福尔摩斯用望远镜向窗外看去。

“有意思，亲爱的华生，过来看看。”

我用望远镜向窗外看去，却只看到了沃顿街转角处一栋房子的二楼。

“福尔摩斯，我没看到什么特别的东西。它看起来像是一栋房子——没错，就是那边那栋。”

我说罢，把望远镜还给了福尔摩斯。

“好吧，我亲爱的朋友，这架望远镜无论如何都没有指向什么已知天体。它的用途可能要现实一些。”福尔摩斯说。

“可他为什么要假装有这么个兴趣爱好呢?”我问。

“这会儿我们还不知道。”福尔摩斯说，“这个问题暂时先放在一边吧。现在，如果可以的话，我们去拜访麦克休先生吧。”

约翰·麦克休和他的妻子玛丽还有两个孩子一起住在广场对面一栋如同废墟一般的楼房的三楼。孩子们又瘦又虚弱，麦克休先生却十分结实，不修边幅，他的大肚子把衬衫的好几个纽扣都撑开了。

他想为我们倒杯麦芽酒，但被我们谢绝了。他似乎对此感到不可思议，于是满上了自己的杯子。玛丽·麦克休个子不高，长得像灰老鼠一样，显然感到很不自在，一个劲儿地为房子的凌乱向我们表示歉意。我们说话时，她不断地给两株早已枯萎的百合浇水。屋里的多数家具都已损坏，破烂不堪，客厅里满地都是报纸和碎玻璃片。一块脏兮兮的地毯盖住了大部分碎玻璃。一只看起来像孩子们一样瘦弱的小猫在我面前啃着死老鼠。

麦克休示意我们坐下。

福尔摩斯把放在他椅子上的一张纸递给了屋主人。

“这位是夏洛克·福尔摩斯先生，这是他的同事华生医生。”芭芭拉说，“他们是来调查罗斯先生失踪的事情的。你说之前曾看到过他？”

麦克休把握十足地说：“那就是他，我告诉你，福尔摩斯先生，没错的。无论如何我都认得出那张脸。那该死的流氓一看见我就跑得不见了踪影，就像脚底抹了油。”

“很可能确实是他，”福尔摩斯说，“不过请告诉我，麦克休先生，你是不是一位歌唱家？如果我没弄错的话，你是一位男高音，曾在萨德勒威尔斯剧院演出过。”

“你怎么知道的？戴维斯太太跟你讲过我的事，是吧？”

“正相反，这是我推断出来的。我还知道，罗斯因为赌博输了而欠了你一大笔钱，估计有一百英镑。”

“你怎么知道的？玛丽都不知道这件事呢！”

“我曾是一名学歌剧的学生，麦克休先生，我曾在多年前听过你唱歌，那时你还尚未因嗜酒弄坏嗓子而断送了自己的舞台生涯。我还清晰地记得你对《今夜无人入睡》的精彩演绎。至于你赌博的证据，在这里——这张纸之前放在椅子上，我坐下来之前把它拿开了。这是一张债条。我认为它是真的。”

“他卷着钱跑了，福尔摩斯先生。我希望你能找到那个该死的贼!”

“请再确切地告诉我一遍你看到他的地点还有时间。”

“事情发生在三天前，福尔摩斯先生，我当时正要去辛普森的食品店从事我的新工作。那时候大约是早上6点半。”

麦克休停下来，把杯子里的酒喝完，用袖子擦了擦嘴。

“那是在罗素广场。我记得当时天还没亮。他跑下楼时差点儿把我撞倒。我认出了他，想把他抓住，可他推开我跑了。他好像遇到了什么大麻烦一样，头发蓬乱，黑黢黢的脸上全是灰，但我还是认出了他。我能肯定那个人就是他，他还没把钱还给我呢，该死的骗子……”

“你还记得别的什么吗？什么事都行。”福尔摩斯问。

“当时他提着一把铁锹。”

“谢谢你，麦克休先生。如果你再想起什么，请告知我。”

回到芭芭拉家，走进客厅时，福尔摩斯说：“芭芭拉，我们把罗斯先生没有带走的行李箱打开吧。”

福尔摩斯把两个锁着的箱子搬了出来。

他从外套上取下一枚别针，撬开了锁。

“真奇怪，福尔摩斯，为什么里面只有一把旧铁锹，还拆成了两部分，分别放在两个箱子里——这真令人惊奇。”我说。

“有意思。锹把儿断成了两截，铁锹已经不能用了。但它很可能不是一把普通的铁锹，华生，你仔细看，上面刻着字：C L。铁锹被放进箱子之前已经被彻底清洗过。我猜，可能罗斯准备走的时候发现铁锹断了，因为把铁锹带在身边很麻烦，他便把断了的铁锹锁在了箱子里。麦克休看到的很可能就是这把铁锹。”

“可他为什么不把铁锹扔了呢?”我问。

“亲爱的华生，我想，等我们找到罗斯先生就会明白了。”

我们从芭芭拉家出来，朝西南走到广场的尽头。福尔摩斯稍作停留，向戴维斯家瞥了一眼，接着又转过身，抬头看着我们眼前的一栋房子。

“这栋房子里没有住人，福尔摩斯。”我说。

“是的，没错。我也是这么想的，而且已经空了很久了。”

我们继续往前走了没多远，福尔摩斯又在一扇小铁门前停下了脚步。它既不是哪座房子的门也不是某个院子的门，门里面是两座房子之间的一条未打扫过的泥泞小道。

“走，我们进去。”福尔摩斯说。

我们发现门没锁。走进门后，福尔摩斯转身将它关上了。

我们顺着小道向北走，小道两边是两座房子，都没有窗户，其中一个是我们刚刚在广场上看到的那个没有住人的房子。我们走到路的尽头时，视野开阔起来，一片满是杂草和垃圾的草地呈现在我们眼前。地上到处是腐烂的木块和成堆的破布，就像是一家装潢店的废墟。

“这里没什么特别的。”我说。

“恰恰相反，华生。这堆木头和其他垃圾很可能同芭芭拉家窗户上的圆形记号和用灰泥填上的那些洞有关系。不过我们先继续看看。”

听到福尔摩斯古怪的猜想，我不禁笑了起来。

“福尔摩斯，老伙计，你真是疯了！”

在我说话间，福尔摩斯登上了离我们最近的那座房子的后门的楼梯。门没锁。福尔摩斯打开门。

“或许你是对的。你等在这里，我进去瞧瞧。”

福尔摩斯很快就出来了。

“所有的线索都开始关联起来了。走吧，华生，我们的时间不多了。恐怕我们已经晚了一步。今晚是新月，我们的猎物准备在一片漆黑中行动。”

我们到达博物馆街时，他让车夫停下车，接着跳下了车。

“华生，”他压低声音，几乎是在耳语，“我必须花几个钟头调查一些和这起案件相关的问题。今晚6点我们在住所碰头。你把莱斯特雷德也叫来，告诉他十万火急，你们俩都带上手枪。”

我目送着福尔摩斯走进博物馆，然后叫车夫驶往贝克街。我通知莱斯特雷德后，他马上就来了。

“这次又出什么事了？”我们坐着等福尔摩斯时，莱斯特雷德问道。

“我也不清楚，”我说，“我只知道，福尔摩斯在博物馆和我分手时很兴奋。”

我们沉默了一会儿，琢磨着福尔摩斯的意图。

“我猜，他这次可能发现了什么不得了的东西喽！”

“确实不得了。”正在这时，福尔摩斯走了进来。“给，先生们，穿上这些破旧衣服，我们该出发了。”

所谓的破旧衣服是一件旧衬衣和撕坏了的裤子，还有一块黑手帕，用来遮住我们的脸。福尔摩斯也是一样的打扮。

“先生们，让我解释一下穿成这样要干什么。我在博物馆查看了1820年最初建这座广场时的建设规划图并且找到了所需要的线索。华生，或许你还记得，伊恩·罗斯留下的行李箱里有两截铁锹把儿，上面刻有字母C L，是吗？”

“这个我知道，福尔摩斯先生。所有警察都知道，这是City of London（伦敦市）的缩写。”

“没错，莱斯特雷德。我在博物馆里发现的规划图和地图把所有的线索都串成了一条线。”

“怎么说?”我问。

“我现在没时间把事情解释清楚。简言之，有一帮贼，准确地说是盗墓贼，现在正在去劳埃德广场的路上了。我们得赶在他们之前到那里。一到那儿，华生，你们俩就躲进我们之前进过的那座房子的地下室里，藏在离门远一些的暗处。如果我没判断错的话，那伙人将在那里聚集。你们无论如何不要暴露在光线下。他们中有一个人是他们的头目，负责布置人员。我将在他离开时逮捕他。我会带上一盏煤油灯。我一点灯，你们就拔出手枪。我也会拿出枪。然后，莱斯特雷德向他们亮出警察身份，将犯罪团伙成员捉拿归案。如果一切顺利的话，那些人将被打得措手不及，不会做出抵抗。你如果需要开枪的话就朝天放枪。我很快就会去找你们，然后把事情的由来告诉你们。”

我们雇了辆车前往劳埃德广场。莱斯特雷德和我走进地下室，各自找了个角落躲好，并用黑手帕蒙住脸。四周一片漆黑，伸手不见五指。

不一会儿，房间里热闹起来，几个人一个接一个地走了进来，但没有发现我们。

其中一个人站了起来，对其他人说：“伙计们，我就闲话少说了。我们已经收到了信号，所以得快点儿行动。你们知道我们要找的是什么。这里多得是哩！你们要是找到了就把东西放在这些桶里。记住，我们只有三个小时，时间紧迫。我们必须在这短短的三小时内完事。你们互相认识，彼此信任。我在外面把守，我回来后咱们一起离开。动手吧，小伙子们！”

虽然语调和说话的方式不太一样，可无疑这声音就来自约翰·麦克休，我几乎能从地上的影子中看出他的啤酒肚。人群中一阵骚动，接着是铁锹挖土的声音，间或还有人把用铁锹挖出的东西装进桶里的声音。

黑暗中，挖掘有序地进行着。

尽管外面寒风凛冽，地下室里却很温暖。汗水浸透了我们的衣服。

突然，就像约定好的那样，福尔摩斯冲进房间，点亮了一盏很大的灯。

那些人们被灯晃得一时间看不见东西。

福尔摩斯用响亮而坚定的声音说：

“亲爱的先生们，很抱歉打扰了你们的挖掘工作，不过，遗憾的是，根据英国法律盗墓是一条重罪。你们的头目已经被逮捕了。苏格兰场的警察们已经把这里包围了。转过去，面向墙！一个跟着一个出去！”

那些人乖乖地走出门，有人还在低声抱怨他们的头儿太愚蠢。莱斯特雷德走在我的前面。我是最后一个离开那里的人。那鬼地方充满了活人的汗臭味和骨头腐烂发霉的气味。到了外面，眼睛慢慢地适应了外面的光线后，我看到了伊恩·罗斯，这次夜间行动的主谋。他突然转过身，把他身边的人推倒在地，跑进了漆黑一片的地下室。

福尔摩斯紧随其后。

“跟紧我，老伙计，他逃不掉的。”莱斯特雷德对我说。

从门外，我听到楼上传来打斗的声音。

“先别开枪，莱斯特雷德，我已经把他控制住了。他插翅难逃了，除非……”

我听到了窗户玻璃破碎的声音。突然间，罗斯出现在了我旁边，他破窗而出，跳到了地上。他企图夺我的枪，我用枪给了他脑袋一击，他摔倒在地。莱斯特雷德给他戴上手铐，这下他百分之百逃不掉了。

罪犯们被带走后，我们乘马车返回贝克街。

莱斯特雷德和我们同行。

“福尔摩斯，也许你现在可以解释一下这到底是怎么回事了。我还是不明白……”上了车后，我说。

“我也愿闻其详。”莱斯特雷德插嘴道，“福尔摩斯，我完全不清楚到底发生了什么。”

“其实很简单，只不过我掌握了所有线索，而你们俩却只知道一小部分。我要从头开始讲起吗？”

“请讲。”我说。

“华生，你应该还记得，我们从和芭芭拉·戴维斯的谈话中得知，嫌疑人伊恩·罗斯是一名医学院的学生，却提前预付了六个月的房租，可见他相当有钱。而且他付的房租对于那么小的一间房子来说有些过高了，所以我们有理由相信，他租那间房子肯定有其他不为人知的目的。我们还知道，他生活作息很不规律，有时候第二天早晨才回来。他还是个赌徒，欠了约翰·麦克休一百英镑，对一名学生来说这可不是一笔小数目。光是这些，你们就可以看出和感觉出伊恩·罗斯身上存在很多疑点。他的钱来自哪里？他肯定不是一名单纯的医学生，他很可能为了得到这些钱干了一些不寻常的事情。”

“那又是什么呢，福尔摩斯？”我问。

“超乎寻常的事情，华生，那就是挖墓。他最初干的是帮那些有名望的人为他们去世的亲人在墓地挑选比较好的墓位，后来，他越来越贪婪，随后从挖墓转向了盗墓。最可恨的是，他还把尸体卖给大学里学医的学生们，并声称这些人是自愿将自己的遗体捐赠出来的。”

“这家伙是个魔鬼，福尔摩斯。”莱斯特雷德吼道。

“可这才刚刚开了个头呢。罗斯后来遇到了一个问题。”

“尸体不够了……”

“没错，莱斯特雷德。于是，他雇了几个帮手，在大街上搜寻无家可归的人，然后把他们杀害。随着愿意帮他干这种恐怖勾当的人越来越多，伦敦的失踪人数量也直线上升。他从戴维斯那里听说，劳埃德广场曾是一位名叫约西亚·劳埃德·佩皮斯的富商的私宅，佩皮斯曾在家后院为一小部分富有的宗教狂热分子建了一座秘密墓地。罗斯需要一个同伙，于是拉麦克休入伙，和他一起干这令人毛骨悚然的勾当。麦克休十分缺钱，便答应了帮罗斯挖墓并帮他寻找帮手。但他们并非一对好搭档。罗斯做事十分谨慎，而麦克休则不然。例如，罗斯会用两个小望远镜来观望，还在面向广场的那扇窗前放了两支蜡烛用来计时，以便在警察在广场的另一头巡逻的时候进出墓室。麦克休好几次进墓室时都忘了把蜡烛熄灭，引得警察试着去开门，所幸警察事后没有再追查。尸体就这样被源源不断地运往医学院。”

“这么耸人听闻的事情还是头一次听说。”莱斯特雷德说，“福尔摩斯，你是怎么推断出这些的?”

“罗斯意识到，他必须加快行动，于是，他招募了一些密友加入了麦克休的团伙。他选择今天晚上盗墓，因为今天没有月光，是行动的好时机。”

“我们再回到那个未被带走的行李箱上吧。那是怎么回事?”我问。

“华生，那件事的罪行可比入室行窃严重多了。你得更改一下起诉他们的罪名，莱斯特雷德，要把谋杀罪放在首位。”

听到福尔摩斯的话，我大吃一惊，接着，我明白了他指的是什么。

"如果我没搞错的话，罗斯正是杀死杜蒙德·戴维斯的凶手。戴维斯是第一个发现那片怪异的墓地的人，他把这件事告诉了他当时的朋友罗斯。罗斯怕戴维斯将墓地里藏有财宝的事公之于众，决定杀人灭口。

"一天，戴维斯邀请罗斯到他家里做客。罗斯怎么能放过这个机会呢？在戴维斯修理一盏旧台灯时，罗斯看到在戴维斯的花园里有一把铁锹。杜蒙德正跪在地上专注地把几根电线绑在一起时，后脑勺遭到突然重击，倒在了地上。罗斯神不知鬼不觉地离开了并带走了凶器。他怕万一凶器被发现会查到他身上来，在搬家前把铁锹彻底清洗了一遍，为了能将铁锹装进行李箱还把它截成了两段。"

"可他为什么不回来把行李箱带走呢？"我问。

"关于这个，"福尔摩斯说，"我只能猜测了。也许他想让麦克休把它们收回。芭芭拉肯定会答应给他的。"

我抬头远望。天边露出了一丝鱼肚白。

我听到了歌声。

"那为什么我们和坦纳都没有发现戴维斯头部的伤呢？"我问。

"唱的是《今夜无人入睡》，"福尔摩斯说，"我们还是听歌吧。"

恐怖岭*

前一阵子，我们从伦敦乘火车去罗马，福尔摩斯一屁股坐在位子上就不说话了。他正津津有味地读着一本长篇小说，不希望有人打扰他。

“不好意思，华生，等我看完就把书借给你。”

要是我没记错的话，第二天早上他看完了最后一页，然后不无炫耀地把那本厚厚的书递

* 读者将会注意到，下面这篇故事中有些地方的行文风格不太一致，尤其是第二节的开头部分。福尔摩斯亲自对这部分作了指导，我在此予以说明。尽管我在其他故事，如《恐怖谷》中也用了类似的手法，但福尔摩斯还是表示，重复说明一下也没什么不妥。

给了我。

“这本小说，”他说，“是迄今为止我读过的最精彩的，强烈建议你也读一下。”

我接过书，看了看它的封面，是亚历山德罗·曼佐尼的《约婚夫妇》。我得说我从未听说过这本书。不过，当我读完前几页后，却完全被小说的内容和语言风格吸引住了。我想，倘若福尔摩斯看到我一直在惊叹于作者的写作技巧，他大概会觉得我很无趣吧。

抵达罗马后，我看完了全书。这部精彩的小说令我回味无穷。为了向这位伟大的作家致敬，我在本章的某些部分模仿了他的写作风格。希望读者能对我的草率予以谅解。

医学博士约翰·华生

那是英国历史上至关重要的一年。1901 年，女王执政第六十四年①。英国历史上最长的时代即将宣告结束，女王弥留之际，全世界都在紧张地等待着讣告。威尔士王子爱德华站在女王身边，他显然已经意识到了自己即将肩负的沉重责任。

这段时间，我很少见到我的朋友夏洛克·福尔摩斯。

① 1901 年 1 月 22 日维多利亚女王去世，1914 年英国维多利亚时代正式结束。——译注

事实上，国内处处弥漫着的哀愁似乎也影响到了他。我们见面时，除了寥寥几句寒暄外他几乎不怎么说话，而是全身心地投入到了一起很重要的复杂案件中。至少在我看来是这样的，与他相处这么多年来，我已经熟悉了他的古怪作风。他还是和往常一样，只不过这阵子越发怪异。他频繁进出家门，通常乔装成别的身份，很少以真实身份出门。乔装时，他总是会和普通人们打交道。我们家中几乎每天都会有木匠、油漆工或女仆来访。

在家中，福尔摩斯要么安静地坐着，要么乐此不疲地读一些稀奇古怪的书。他的安乐椅前堆满了旧书：《麦基狂想》、《疯狂的众人》、《诺尔奇英国纹章》、赖特的新作《娜娜大人传》、《普雷斯科特图腾史》、《龙布罗梭死后世界》，等等。福尔摩斯对唯灵论十分反感，最后这本可真不像是他会去读的书！我只能说，我对这些奇怪的书完全摸不着头脑，就算福尔摩斯是重口味者，我也觉得他读这些书颇为奇怪。

如果没记错的话，那是1月初的一个寒冷的雨夜，将近11点时，困扰着福尔摩斯的案子开始浮出水面。我独自坐在我们位于贝克街的家中。福尔摩斯先前难得好心情，说他晚上回来吃饭，可是到了饭点却没有看见他的踪影。于是，我独自吃完饭，坐在壁炉边看起了书。炉火暖洋洋的，我睡着了。大门开关的声音突然把我惊醒。我猛地跳了起来，看见一个老妇人站在门口，头发和衣服上滴着雨水。她把伞上的水抖掉，合上了伞。

"拜托了，华生，请不要惊讶，也不要评论。"一个熟悉的声音响起，"我全身都湿透了，我想说，女士束身衣紧贴着身体真不好受。"

看见我的朋友舒展身体，把老妇人的灰色假发脱下丢到地上的样子，我实在忍俊不禁。我想，地上那身被浸湿的不怎么中看的女装要是给我们的房东哈德森太太穿，没准会更适合些。但是，站在我面前的却是世界上最伟大的侦探——夏洛克·福尔摩斯。

他避开我的目光，走进了自己的房间，回来时穿上了他最厚实的羊毛长袍。起先他没有说话，只是点上了烟斗，坐在安乐椅上，凝视着摇曳变幻的炉火。

"莱斯特雷德应该快到这里了。"他突然开口，"今晚发生了一起谋杀案，华生，我们机敏的侦探家朋友可能破不了这个案子了！"

"受害者是谁？"我脱口而出。

"贾斯旺特·辛格爵士。"他平静地回答道，"明天的晨报上应该会有报道。"

我吃了一惊。

"天哪，福尔摩斯，这真是太糟糕了！他可是伦敦上流社会的大人物啊！你是怎么知道的？"我问。

"我在场呢，华生，我还报了警。一个人冲向他，口中喊着'去死吧'，接着在离他很近的地方开了枪。贾斯旺特爵士就那样死在了他家附近的伊顿广场。我也救不了他，子弹正中他的心脏。明天的报纸上肯定会提到一个喊来警察后就不见了踪影的老太太。看了我刚才的打扮你也能猜到，那个‘老太太’就是我。莱斯特雷德可能已经下令逮捕她了。”

“那凶手呢，你看到他了吗？”

“看到了！不过当时我急于救贾思旺特爵士，没来得及去追凶手。我知道在哪儿能找到他。看样貌，听口音，他准是个意大利人。亲爱的医生，现在时候不早了。贝克街的非正规军里头最机灵的两人——欣韦尔·约翰逊和博比·纳瑞已经开始捉拿凶手。在他们报告情况之前我们还是不要轻举妄动的好，一切等早上再说吧。雨转雪了，莱斯特雷德估计要明天才会露面，这会儿他八成已经在床上睡熟了。”

第二天，我起了个大早。由于晚上没睡好，我感觉全身乏力。贾思旺特被杀害的事在我的脑海中挥之不去，使我时睡时醒。穿衣服时，我在脑中搜寻着有关这位了不起的资本家的零星片段。我私下与他有些交情，但也说不上有多熟，我们曾在几家伦敦医疗慈善机构中共事过。近年来，贾思旺特爵士成了英国最慷慨的慈善家，捐助了好几家医院和相关机构。关于他的出身，我也只知道一些人尽皆知的事。据说他是印度拉杰普特家族的后裔，是瓜廖尔附近一个小国酋长的儿子。二十多年前，在和父亲发生争执后，他只身来到英国，没用几年时间就将他继承的家业发展成了知名的银行业。作为一个拥有极大个人魅力的金融天才，贾思旺特在伦敦很快取得了不少富人的信任，而他的银行——英印银行有限公司——在他生前是仅次于英格兰银行的第二大银行。对大英帝国来说，他是金融业的支柱。如今，在英国的广大殖民地仍能看到印着三角形中一个十字架的旗帜——他的银行的标志几乎妇孺皆知。近年来，他成了女王身边的红人，还和不少身份显赫的英国贵族频繁交往。几年前，他娶了航运业巨头梅尔基奥尔男爵的小女儿，小他二十岁的玛丽埃塔小姐。两人的婚后生活并不幸福，因为他们一直没有孩子。外界的闲言碎语使贾思旺特十分痛苦。平时，贾思旺特住在伊顿广场的豪宅中，而他的妻子则住在苏塞克斯的乡村宅邸。他隔三差五地出差，把大部分时间都花在了运动和其他消遣上。

以上就是我关于这位低调而又优雅的绅士的一些耳闻。室内潮湿的空气冻得我直哆嗦，我便来到客厅，只见福尔摩斯也起床了，正在喝早茶。他生好了炉火，刚刚读完《泰晤士报》上有关昨晚命案的报道。

“给，华生，这份报纸报道了这起案件。我错怪莱斯特雷德了，他昨天一宿没睡。瞧他干的好事！我倒更希望他利用这点时间好好睡一觉！”

我接过报纸，看到了如下内容：

> 贾斯旺特·辛格爵士，大英帝国军官，著名银行家、慈善家，于昨晚遇刺身亡，凶手不

明，本报对此深表遗憾。辛格爵士生前知名度颇高，深受人们爱戴，他的死讯震惊了整个伦敦。

受昨晚大雨的影响，案件调查被迫中止，本报道内容或许不甚完整。目前可以确定的是，昨晚8时许，贾思旺特爵士参加完肯辛顿孤儿院董事会议，回家途中在伊顿广场遭刺杀。凶手行刺后迅速逃跑，现场没有目击者。一位至今仍身份不明的老妇人在发现尸体后报了警。警方赶到现场时，贾思旺特爵士已经死亡。苏格兰场的莱斯特雷德警官也在随后赶到。警官对现场进行了初步调查后，派人将贾思旺特爵士的遗体运往苏格兰场的停尸房做进一步检查。警方将爵士遇害的消息告知了辛格夫人，据悉辛格夫人已启程前往伦敦。同时，莱斯特雷德警官已拘留了辛格夫人的绯闻情夫丹尼尔·曼宁先生和贾思旺特爵士的位于伊顿广场的别墅的女管家里弗夫人。据案发当晚最先赶到现场的警察描述，女管家和当时报警并试图救人的老妇人非常像。

值得注意的是，尽管贾思旺特爵士有印度血统，他正式皈依基督教已有一些时日，生前也定期做基督教礼拜。他总是解释说，他的银行标志——三角形中交叉着一个十字架符号——

代表了所有宗教，尤其是基督教的永恒真理：三角形代表上帝和宇宙，十字架代表基督和人类所遭受的苦难，而三角形底部的三条小短线则代表了剩下的三组象征人类繁荣的存在：过去、现在、未来；女王、王权和帝国。

听闻丈夫死讯后，辛格夫人昨晚称，她和贾思旺特先生近月来虽联系不紧密，但却相处和睦。她十分悲痛，已经向总理请愿，希望当局看在贾思旺特爵士对女王和国家贡献的份上，将他安葬在威斯敏斯特教堂。贾思旺特爵士生前已经皈依基督教，完全可以将他安葬在这个安葬英国名流的墓地。

“好了，华生，看完后你有何评价？”

“莱斯特雷德的办事效率值得称赞，福尔摩斯，为了抓捕嫌疑犯，他可是没有浪费一点儿时间。”

几周来，福尔摩斯第一次发出了笑声。

“那倒是真的，不过像往常一样，他又跑错了方向。可怜的里弗夫人，那位老太太。她压根儿不在犯罪现场附近。我的伪装确实大部分是模仿她的样貌。这准是个忙碌的早晨，华生，希望你有空当我帮手。昨晚我并不是一个人。欣韦尔和博比两人也同我在一起，他们很快就会向我汇报他们所打听到的消息了。”

就在他说话时，门外传来了一阵敲门声。

哈德森太太进来，给了我两封信，其中一封是莱斯特雷德写的，他希望福尔摩斯尽可能于当天中午前赶往苏格兰场的停尸房。

“时间倒是催得很紧，华生。另一封说啥?”

“尤西比奥·巴斯克斯……”我迟疑地读着。

“噢，”福尔摩斯激动地说，“尤西比奥·巴斯克斯!他是新墨西哥州圣达菲市的首席探长，美国最厉害的侦探。真是个惊喜。他说什么了?”

“再过不到一小时他就来拜访你。”我回答道。

“好极了！华生，好极了！我很高兴能再次见到巴斯克斯。可能的话，让他和我们一起去苏格兰场。我们是在几年前认识的，大概是1885年吧，在罗马召开的第一次刑事人类学会议上。那以后我们还在蒙彼利埃等地见过。我们俩很合得来。他是一名非常了不起的侦探，至少顶得上五十个莱斯特雷德。他有着敏锐的洞察力，精力十足，不放过任何蛛丝马迹，并且总是能从中找到破案关键。遗憾的是，他工作的地方是像死水一般沉寂的新墨西哥州，在那里他的才能根本得不到施展。那里的案子都无聊透了。要是他来伦敦，准能干出一番大事业来！有我们俩在，根本不需要什么苏格兰场。”

“我很乐意见见他，福尔摩斯。我可从来没听你这样夸赞过同行。”

“当然啦，华生，他也有自己的弱点。每个人都有自己的弱点。他会因失败而变得一蹶不振。虽然这本身不算什么，可有件事却使他至今不能释怀。多年前在新墨西哥州南部沙漠发生了一起命案，死者是一名神父。巴斯克斯本人发现了尸体，却没能成功破案。这些年来，这件事成了他的心结，使他不能专注于其他重要的事情。”福尔摩斯顿了一下，接着说，“我们现在先把贾思旺特爵士的案子放在一边。华生，你身后的那个架子上有我关于未侦破案件的资料。要是我没记错的话，巴斯克斯发现的那位被害神父名叫‘阿戈斯蒂尼’。让我们瞧瞧我有没有记下一些和他有关的信息。”

说着，福尔摩斯指了指那本贴满剪报的大剪贴簿。除了剪报，里面还有近些年来他亲手记录的自己感兴趣的奇案。

我把第一本递给了他。

“找到了，华生！‘阿戈斯蒂尼：神父，1868 年在新墨西哥州南部遇害。生前大约在 1865 年美国南北战争后从意大利移民美国。在新墨西哥州北部，他因所谓的神迹和医术而闻名遐迩。他定居于‘赌城’拉斯维加斯附近的一座山顶，在那里，他致力于修行，接待虔诚的来访者。1868 年，他却忽然不辞而别，从此杳无音讯。同年秋季，有人称在靠近墨西哥边境的拉斯克鲁塞斯看到过他。之后有人在离拉斯克鲁塞斯几小时骑程的沙漠洞穴中发现了他的尸体；死因疑为遭遇强盗。多年后，当时发现神父尸体的 E·巴斯克斯在罗马向我提及了这起案件。我向他说了几种猜测，都不可行。疑点是，很少有人会想到谋害神父。神父的尸体被发现时，身戴系有古怪念珠的纯金十字架。若是抢劫，太过离奇。'"

福尔摩斯合上了剪贴簿，走到我跟前，把它放回架子上。

"这个案子年数很久了，华生，相当久了，很可能会一直悬而未决。所有的案件都是有期限的，比方说要在三个月内侦破。否则，时间拖得长了就很难侦破。而这一切取决于线索是否新鲜，有没有受到妥善的保管。对我来说，最佳时间是二十四小时到三十六小时。"

"那你侦破过的年数最久的案子是什么?"我忍不住问道。

福尔摩斯想了想，说："那个案子你记录过，华生，就是那篇《法国学者案》——那是几个世纪前的一起凶杀案。这么说来，巴斯克斯还有机会。毕竟从神父案发生到现在只过了三十多年。我们可以拭目以待……或许他已经侦破这起案件，正在迎接新的挑战……有人来了！准是巴斯克斯。"

门开了，哈德森太太领巴斯克斯探长进门。

"欢迎，尤西比奥！"福尔摩斯热情地招呼道。

两人愉快地握了握手。

"这位是我值得信赖的好友，我的探险经历的记录者，华生医生。"

我向他伸出手。

"很高兴见到你。福尔摩斯今天早上对你大加赞赏。

很少听他这样夸过别人。”

“能得到福尔摩斯的赞誉我不胜荣幸。”巴斯克斯笑了，露出整齐的牙齿，“但愿我这么早造访没有给你们添麻烦。你们一定在忙着处理辛格案吧？今天早晨我在报纸上看到了相关报道。”

“怎么会添麻烦呢，尤西比奥，见到你我们高兴都还来不及呢！至于辛格案，唔……确实和我有些关系。不过和往常一样，莱斯特雷德才是调查的主要负责人。他已经邀请我们今天早上去帮忙了。想必你也会一同前去。”

“当然！”巴斯克斯说，“我闲得很，夏洛克，我受够了那些公职，所以这次只身来到伦敦。受你启发，我也在圣达菲做起了咨询侦探，从此不再隶属于新墨西哥州立警署。”

“那可真是太好啦！祝贺你回归自由，尤西比奥。这下你可以尽情享受了。”

趁他俩谈得正热烈，我打量起了这位美国侦探。他短小精悍，五十来岁，黑发的鬓角有些发白，身穿蓝色牛仔衣裤，脚蹬黑色皮靴，披一件挂满流苏的浅棕色皮衣外套，一副典型的美国西部牛仔打扮。说话时，他一直把玩着手中的宽边斯泰森毡帽。而他最惹人注意的地方是那双眼睛：漆黑的眸子炯炯有神，犀利的目光透着智慧。

“话说是哪阵风把你吹到伦敦来了？”

“用你的话说，是我的心结。”巴斯克斯轻声说，仿佛不愿承认“心结”两字，“自引退以来，我就一直放不下那起悬案。现在案子有了新进展，我正是为此才来这里的。”

“所有的犯罪最后总和伦敦这个大污池脱不了关系啊，”福尔摩斯说，“我和华生都听候差遣，当然要是你需要用苏格兰场的仪器，我们可以帮你联系莱斯特雷德和格里格森。”

“非常感谢，”巴斯克斯说道，“我需要各方面的帮助。”

巴斯克斯说话时带着浓重的美国口音，透着一股子西班牙味儿。他的语调欢快，后来我才知道，这是新墨西哥州人说话的独特之处。

“夏洛克，要是你不介意的话，我想再回顾一遍事情的经过。”

“请便，”福尔摩斯说，“在你来这儿之前，我已经把案情大致说给华生听了，当然要是当事人能亲口陈述那敢情更好。在去见莱斯特雷德之前我们还有时间。”福尔摩斯看了看钟，说道。

福尔摩斯把炉火拨旺，巴斯克斯开始讲述那次案件。

哈德森太太见我们要在屋里待大半个上午，便为我们重新端上了一壶热茶。

“从我刚工作到现在，这起案子足足困扰了我三十余年。”他说，“我十八岁那年加入联邦军，服役两年后，内战结束了，我就此退役。之后我供职于新墨西哥州警署，被调派到拉斯克鲁塞斯，州南部一座正在建设的小镇。当地的罪犯活动很猖獗。想要来这里建设农牧场的移民们成了歹徒和印第安人（主要是阿帕奇人和科曼奇人）的袭击对象。我负责巡逻小镇北部的一块区域，那块地方的歹徒们刚被军队清理干净，所以我去任职时，当地一片平和景象。我喜欢骑马，所以我整天都骑马去造访每一家新建成的农庄，以确保没有异常。前三个月的工作非常顺利，除了一些闹得比较厉害的家庭争吵外，几乎没什么需要我操心的事。

“距今大约三十年前的一天早晨，我骑马经过一个牧场，那是当地一个名叫胡安·阿丘利塔的牧场主的领地。胡安是我的朋友，和我年纪相仿，我俩是发小。那时候他刚买了几百头牛，建了一座小型牧场。由于他刚把牛运到牧场时有几头就不见了，所以他决定造个围栏把它们圈起来。可之后他却发现，围栏断了几处，他的牛跑掉了好几头。在和他谈论过这件事以后，我决定亲自检查一下那些围栏。我发现，它们是被人为破坏的。准是有谁不安好心！或许我能查出到底是谁。

“那年的天气异常恶劣，就连那些外国佬或者墨西哥和印第安的老人都不曾见过那样干旱的春季。他们说，那是一场五十年一遇的旱灾。连续六个月没有下过一滴雨，山上溶化的雪水根本不能缓解旱情。到了 6 月，到处可见干涸的湖泊和池塘。草也枯萎了。记忆中那简直像是一片死寂的冬天，天气却很热，烈日无情地炙烤着大地。

“那天早上9点左右，我出发去检查胡安的围栏。我骑马走了两个小时后进入沙漠。篱笆多处确实是被人为砍断的，我还注意到，在牛蹄印中混着一些马蹄印。那些蹄印一直向西边延伸。我追踪了一段路后觉得，与其独自行动不如回去找些帮手更明智些。回到警署后我们得知，这起案件很可能是以尼克·博蒙特和罗纳德·金凯德两人为首的博蒙特团伙所为。这个团伙来自埃尔帕索，四处抢夺牲口。我没有试图凭一己之力把他们逮捕，相反，我抄近路向西南走，准备回拉斯克鲁塞斯。

“正在这时，新墨西哥州常见的一幕发生了。刚刚还晴空万里的天空，突然变了一副样子，黑压压的云乘着阴风，翻滚着迅速袭来。闪电当空划过，将整个天空都照亮了，接着传来一阵阵震耳欲聋的雷鸣声。于是，我决定先找一个地方避避雨。刚好远处有座石峰，我估摸着可以在那儿找到避雨的地方，便策马向那里赶去。马跑得飞快，刚赶到石峰脚下，天上就下起了大冰雹。”

巴斯克斯停下来，喝了一口茶。

“下面我要讲的，就是从那以后一直困扰着我的谜案了。”

“快说吧，尤西比奥，我们都等不及了。”

“没错！”我也被他的经历迷住了。

“到了石峰附近，我发现，山体表面遍布洞穴，虽然不深，但足以供我和马匹安身。我刚到山脚下，滂沱的大雨就铺天盖地袭来。我跳下马，把马牵进附近的山洞。这时，大雨已变成了暴风雨，我不由得感激仁慈的主赐予了我们庇护处。我在靠近洞口的地方坐下，把枪从皮套里拿了出来。我熟悉这些洞穴——这些在新墨西哥州随处可见的山洞很可能是美洲狮、郊狼和响尾蛇等野兽的巢穴。我向幽暗的山洞深处望去，却什么都看不清。我喝了些壶里的水，又把它灌满雨水。后来，雨渐渐小了，一阵凉风吹入山洞。刚刚的骑行把我累坏了，我不禁闭上眼睡了过去。

“等我醒来时，雨已经停了。要不是地上还有斑驳的泥点了，我根本想不起刚刚下过雨。人们都说新墨西哥州连雨水都是干的，没准真是这么回事，你永远都猜不到这里竟会有这样的倾盆大雨。根据太阳的位置判断，此时差不多下午 4 点。我从洞口往里张望。山洞大约二十英尺深，现在我能看清洞内的真面目了。我起身准备在山洞里转一圈。就在这时，我隐约看到在远处的角落里，有一个人双手被绑在身后，跪在地上。我走上前去，这才发现那是一具骷髅。尸体早已腐烂，只剩下骸骨和衣物。骷髅身穿神父的黑色法衣，头部中了数弹，脖子上挂着一个金十字架，左手无名指上戴着一枚银戒指，手上挂着一串念珠。当时我注意到念珠有些古怪——这个到时候我会拿给你们看。那串珠子不像普通的念珠那样由玻璃和金属制成，而是由某种植物的种子或是小木珠之类的东西串成的。骷髅头骨上的弹孔是唯一可以证明这是一起凶杀案的证据。尽管没有什么可以证明骷髅身份的东西，我意识到，根据风化情况，这个人肯定已经失踪多年了。后来我总算弄明白，这是意大利苦行隐士乔瓦尼·阿戈斯蒂尼的遗体，过去他在新墨西哥州相当有名气。他曾居住过的特科洛特山甚至也因此而被当地人改名为隐士峰。

"我把神父的遗体留在了山洞，赶回警局汇报我此行的发现。第二天，我们四人来到山洞，小心翼翼地将遗体安置在一个简易的棺材中，并把它带回拉斯克鲁塞斯。经过深入调查，官方发表声明，宣布这确实是阿戈斯蒂尼的遗体。凶手身份尚未知晓。遗体被安葬在了阿尔伯克基大教堂。人们从各个地方赶来哀悼。

"葬礼结束后，一位富有的绅士走上前，表示希望就神父的事和我谈谈。于是我们进教堂找了两个后排座位坐了下来。绅士说，他名叫卡洛斯·罗梅罗，来自新墨西哥州拉斯维加斯。他自称，当初带阿戈斯蒂尼神父来美国西南部的人就是他。他们最初是在船上认识的，当时，他们搭乘同一班船从马赛前往巴尔的摩和纽约。神父会说一口流利的英语。神父告诉他，自己想闭关修行，这给他留下了深刻的印象。于是他邀请神父去他家做客，神父欣然接受了。绅士在美国有一个名叫波贝尼的牧场，牧场靠近一座高山，之前他曾多次登山游玩。神父从绅士家出发，踏上了登山的旅途，后来这座山成了神父的隐居所。在那以后没多久，神父在当地出了名，被尊称为神迹者。当地的居民经常长途跋涉，上山拜访神父的修行所。神父在山上发现了一个山洞，便在里面打坐静修。他还学会了采摘山顶上的野果充饥。

“神父隐居的第一年里，罗梅罗经常出差，平时则忙于牧场的工作。有一天，他决定前去看望一下神父。上山后他才发现，神父并不孤单，他还有一个侍祭，协助他做弥撒。那个人非常矮，几乎可以算作侏儒，但体格很强壮。他不是当地人，当罗梅罗用英语和西班牙语对他说话时，他也只是咕噜一声作为应答。神父解释说，这位侍祭是哑巴，年幼时遭家人抛弃，神父在山顶上发现了当时孤身一人的他。神父认为，他是一个阿帕切族人①。那个人看上去不像坏人，但是他的眼神却让罗梅罗很不舒服。那眼神就像他时刻都在提防什么一样。另外，罗梅罗还发现，那个人并不是个哑巴，他会用一种从未听过的原始语言和神父交流。他没有追问下去，不过从此和神父保持一定的距离。侍祭平时不会打扰神父的日常生活，也很少出现在人们面前。

“最后，就在神父突然在山里失踪之前，有人到波贝尼牧场找罗梅罗。那是一个衣着考究的男人，大约四十出头。男人说，他是来找神父的。他的英语还算流利，不过带着浓重的意大利口音。他听说，神父很可能是他失散多年的哥哥，他此次来就是为了亲眼确认一下。他

① 北美西南部一个印第安人部族的名称。——译注

说，他的哥哥一直患有心理疾病，家里派他出来找人。他哥哥在马赛搭上一艘驶往美国的轮船，之后就没了音讯。后来他偶然遇到的一名乘客说，有位神父和一位来自新墨西哥州北部的绅士一起下船了。这个意大利人便马不停蹄地赶来拉斯维加斯，打听到了他的消息和山中隐士的事。罗梅罗当即派仆人上山带话给神父，可仆人回来后却说，没有找到神父。罗梅罗只好亲自带着那个意大利人前往神父隐居的山洞。他们发现，那个山洞已经被人废置。第二天，罗梅罗才听说，有人在拉斯维加斯看到过神父，他已经徒步南行了。意大利绅士向罗梅罗表达了谢意，说他会跟着神父南行，看看能不能追上他。那个意大利人再也没有回到波贝尼牧场，而之后再也没有人找到过神父。”

巴斯克斯将剩下的茶一饮而尽，说：“我差不多先讲到这儿吧，是时候该出发了……”

“确实，我们走吧。”福尔摩斯说。

外面很冷。我们把自己裹得严严实实的，拦下一辆马车，前往苏格兰场，并赶在12点前到达了莱斯特雷德的办公室。他正得意洋洋地来回踱着步子。福尔摩斯介绍巴斯克斯和他认识后，我们坐下来，听莱斯特雷德描述昨晚的案件。叙述完案情后，他又补充道：“因此我逮捕了因嫉妒而杀人的情夫曼宁，还有他的共犯里弗夫人……”

“莱斯特雷德，你还是赶紧把他们放了吧！”福尔摩斯不禁打断他。

刚刚还兴高采烈的莱斯特雷德瞬间将脸耷拉了下去。他过去常被弄得尴尬不已，福尔摩斯对他一点儿也不留面子。

“为什么呢？”他谦恭地问。

“首先，亲爱的莱斯特雷德，我得告诉你，在凶案发生之前，我正受委托对辛格先生进行调查。由于这次调查，案发当时我恰好就在现场，只不过我做了伪装。我能向你保证，凶手和丹尼尔·曼宁没有丁点儿相似之处。你赶紧把他放了，这可怜的家伙什么坏事都没干就被捕了。”

“可那个老太太呢，我是说，里弗夫人？”

“就像她说的那样，案发当时她在家中好好睡着哩！”

“既然是这样，福尔摩斯先生，你能不能告诉我，当时在凶案现场的老太太又是谁？她现在又在哪儿呢？”

福尔摩斯站起身。

“正是在下，那个老太太现在正站在你眼皮底下呢！不好意思，莱斯特雷德，这听起来有些荒唐，可我伪装得确实很好。我的朋友华生也可以证明，我所言不虚，昨晚我回家时并不是我平常的打扮。你错了，莱斯特雷德。要是我的推理没错的话，杀人凶手现在正准备离开伦敦，逍遥法外。等欣韦尔·约翰逊先生回来后，请你派些帮手给他。他知道在哪儿能找到凶手。现在让我们去停尸房吧。”

尽管和福尔摩斯的争论从未赢过，但这时的莱斯特雷德却不知哪里来的勇气：“如果你现在要去停尸房看尸体的话，我不得不在这里拦住你，福尔摩斯。你说，你有相关的委托人。冒昧地问一句，这个委托人是谁？”

“你可以拦我，莱斯特雷德。不过我要是想查看尸体，连一小时都不要就能弄到相关许可。至于我的委托人是谁，正是辛格夫人本人。不过，有关详情要等到合适的时候才能告诉你。”

我们尾随莱斯特雷德来到了停尸房。

贾思旺特·辛格的尸体被平放在我们面前的桌子上。

苏格兰场的法医病理学专家琼斯正站在尸体旁边。

福尔摩斯示意我上前。

“有什么不寻常的地方吗，医生？”

“就像你描述的那样，福尔摩斯。胸腔上有一处致命伤，正中心脏。当场死亡。”

“一点儿没错，”琼斯说，“这就是那颗子弹，我把它取出来了。”

福尔摩斯接了过来，检查后递给了巴斯克斯。

“405 口径的左轮手枪，最常见的枪种。”他说。

福尔摩斯花一分钟时间仔细查看了尸体，不放过每一处地方，尤其是手腕和脚踝。

“啊哈！看我发现了什么？”福尔摩斯指着尸体右手

腕上一块粗糙的皮肤说。

我看了一眼，看上去像是一片针伤。

“还有这里。”福尔摩斯说完，指向尸体的左脚踝。

“我过去经常看到这样的伤口，”巴斯克斯说，“这是消除文身时留下的痕迹——”

“没错！”福尔摩斯说，“琼斯，给我支笔。谢谢。现在，只要我把这些点连起来……”

福尔摩斯熟练地把文身的轮廓描了出来。

“这文身真奇怪。”他说，“第一个字母是A，然后是I——应该是I，之后是数字3。手腕部分就是这些了。现在我们来看看脚踝：一个三角形，里面是十字架，底部有三条短线。是银行的标志。至少看起来挺像。”

巴斯克斯沉下脸来，来回踱着步，陷入了沉思。

“福尔摩斯，我们来整理一下目前的线索。这是囚犯的编号，不知哪年刺在这个人身上的。这是新墨西哥州警署的编号方式，他消除文身显然是为了隐藏他过去的囚犯史。”

“一点儿也没错，尤西比奥。不过你瞧，手腕上的编号是刺上去的，可脚踝这儿的图案却是用烙铁烙在肌肉上的。还真是讽刺啊，这个人做贼的烙印竟成了大英帝国名扬海外的繁荣象征。”

福尔摩斯顿了顿，陷入了沉思。

“现在我们知道了，贾思旺特爵士肯定有一段不可告人的历史。”他说，“要是我没猜错的话，我们马上就能揭晓这段历史了。你知道吗，尤西比奥，有时候我们不得不化身沙威，揭穿马德兰的真面目，才能发现那个冉·阿让①。”

“烙了这么一个烙印，”巴斯克斯说，“恐怕爵士的所作所为还不止偷面包或是银烛台那么简单。琼斯先生，请问，死者身上有没有携带什么东西，比如珠宝之类的小物件？”

“没发现珠宝，巴斯克斯先生。我在他身上找到几英镑钱、一支笔……还有他系在脖子上的这串奇怪的排忧珠。”他把一串珠子递给巴斯克斯。

接过珠子，巴斯克斯皱起了眉头。

“这是 Rudraksa，”福尔摩斯在房间里踱着步，“服丧头七天里戴的珠子，在印度很常见。”

“那要怎么解释我在阿戈斯蒂尼神父手上找到的那串念珠呢？两串珠子非常像，这玩意儿在新墨西哥州不怎么常见。你瞧……”

巴斯克斯从口袋里掏出一串珠子，果真和贾思旺特爵士脖子上的那串像极了。

一时间，房间里鸦雀无声。

---

① 此段典出维克多·雨果的名著《悲惨世界》，书中主人公冉·阿让为了抚养姐姐的7个孩子偷窃面包被判刑，出狱后受米里哀主教感化成了一个善人，改名马德兰，后来当上了市长。沙威警长是其追捕者。——译注

“先生们，”福尔摩斯正色道，“世界真是太小了，不是吗？看似发生在千里之外、毫无关联的事，却有着千丝万缕的联系。这个世界上还有什么像表面看上去那样单纯呢？莱斯特雷德，你们苏格兰场有没有关于海外犯人的记录？”

“有的，福尔摩斯。”警官回答道。

“那么让我们来找找看 A. I. 3 的资料吧。”

“这个编号到底是什么意思？”

“很简单，莱斯特雷德，只要仔细想想就不难猜到。A 和 I，没记错的话，这两个字母代表的是 Andaman Islands，即位于安达曼群岛①布莱尔港的监狱。数字 3 代表的是这所监狱的三号犯人。不知道你还记不记得，安达曼岛监狱是在 1857 年印度哗变②后设立的，里面关的都是世界上最危险的罪犯。根据我的推断，贾思旺特爵士——可能他当时还不叫这个名字，在哗变刚爆发就被流放到了该岛上，所以他的编号才会这么靠前。现在那里已经关押了好几百号犯人。既然这样，我们来查一下布莱尔港的档案，看看他到底是谁，什么时候越狱的。这样，我们就能摸清他的底细，尤其是他是如何——”

---

① 英国殖民时代的监狱所在地。——译注

② 即印度民族起义，指 1857 年到 1858 年发生在印度北部和中部，英属东印度公司服役的印度士兵发动的反对英国统治的普遍的民族大起义。——译注

“——到新墨西哥州来的。”巴斯克斯说。

“没错。”福尔摩斯意味深长地盯着巴斯克斯，“欢迎加入，巴斯克斯。这么多年来一直困扰着你的悬案马上就要水落石出了。”

我在脑子里费力地整理着他们刚刚的发现和由此得出的结论。这个贾思旺特爵士究竟是谁？我注视着死者。他的双眼紧闭。如果他还在世的话会对我们说些什么呢？然而，我的遐想没有持续多久，就被跌跌撞撞闯进门来的欣韦尔·约翰逊打断了。

“福尔摩斯先生！”欣韦尔喘着粗气说，“您要我们盯梢的那个人被杀害了！纳瑞现在正守在那里！”

我们立马冲出门去。

莱斯特雷德让一名武装警卫在我们前面开路。欣韦尔和警卫一同骑行，我们跟着他们穿过狭长的巷子，最后在一条肮脏的小巷子里找到了一套小公寓，里面的住户大多是从英国各地和国外搬过来的。我们要找的人住在地下室，死在了床上。他的头部中了一弹，从伤口判断，凶手和杀死贾思旺特爵士的人很可能是同一伙人。我们赶到之前，纳瑞没有放任何人进门。

“这个人我认识！”巴斯克斯叫道，“就是为了追捕这个人我才来伦敦的。他的真名叫安吉洛·韦特里。”

他又对福尔摩斯说：“我们还要找到一个人，夏洛克。”

“那个侍祭。”福尔摩斯简短地回答。

“A. I. 4 号犯人。”巴斯克斯说。

萨勒诺海湾延伸到帕埃斯图姆和阿格罗波利的古代神庙这儿时，地势突起，陡峭的悬崖高耸于海岸。过去千百年来，居住在这里的农夫和当地的野兽在悬崖上走出了一条条陡峭的小路。若非胆大心细的人，绝难通过这些原始的山路，只有走惯了山路的当地人才能在这里行走自如，不过农夫和渔民大多情愿绕远路，沿托雷德尔格雷科北部的缓坡穿过海湾。

意大利“盛产”美景，而这片海岸又风光独好，不过，却很少有外人涉足意大利南部的腹地。悬崖上的山区被当地人称为奇伦托，就连爱好冒险的意大利人都把它视作整个半岛最原始和最危险的地方。在他们口中，这里充满了盗窃、仇杀和巫术。诅咒、邪恶之眼以及各种因为贫穷而无知的农夫所深信的迷信，掩盖了当地强盗和秘密组织的阴谋。君主抑或教皇，哈布斯堡王朝抑或波旁王朝，古往今来意大利的诸多统治者，从未真正涉足这片与世隔绝的山区。唯有统治者张扬跋扈的奴才们在这里肆意掠夺。当地遭受压迫和蹂躏的人民为了生存，屡屡向当权者们发起反抗。

尽管如此，要是有人鼓起勇气来到这片古老的土地，他会发现，这里和意大利南部的其他地方没有什么不同。这里的早晨一样明亮空旷，这里人们的生活也与欧洲的普通家庭无异。男人们在田里辛勤耕作，皮肤被太阳晒得黝黑，女人们在孩子的帮助下在家照料牲畜，做饭给干体力活的丈夫吃。

要是说这些人有什么不同的地方，那就是稍加观察后不难发现，他们似乎过得更穷苦些。这里的降水很少，雨量又分布不均，在烈日的炙烤下，土地变得十分贫瘠。当地人的伙食都很简单，一餐只有一碗汤和一份烤得像石头一般硬的面包。房子是由石头砌成的，通常彼此相连，靠山而建，以充分利用山体上的洞穴。这里的人也显得粗糙些，男人们穿着农夫的粗布衣服，女人们则大多穿着全身黑色的丧服。

若是听到他们质朴的语言，我们会发现，他们的语言甚至比但丁时代的还要古老，这在外人看来几乎是不可思议的，当地人却习以为常。在当地的语言中，人们称呼全体人类为“cristiani”，也就是基督徒。他们不知道还有其他民族的存在，因此他们称呼自己的名字成了人类的总称。然而在困苦的时候，他们也会将自己从基督徒中剔除，改名为“disgraziati”——辜负圣恩的人，这时，他们所居住的这片土地就连救世主都不再光顾了。

1865 年 7 月的一天傍晚，要是有人眺望海面就会发现，从海湾远处的一艘大渔船上放下来一只小船，悄无声息地向帕埃斯图姆的神庙前进。船刚靠岸，就从上面跳下三个人，船上的另一个人看到他们挥手示意后，便划船驶回大船边。

那三个人看上去三十岁刚出头，体格健硕，长得非常像。事实上，其中有两个人是亲兄弟亚历山大·韦特里和加埃塔诺·韦特里，另一个人是他们的堂兄詹姆斯·圣图奇。

上面滚落下的几颗小石子引起了这三个人的注意，他们抬头望去，看到是悬崖顶上有一个小男孩儿，男孩儿示意他们从海岸边的小路往上爬。三个人一人背着一大捆东西，吃力地爬上陡崖顶部。男孩儿让他们跟在自己身后。不一会儿，他们来到了弗朗西斯科·葛兰西的家中。葛兰西是撒丁区人，几年前来奇伦托当校长。葛兰西亲切地和他们打了个招呼。在他的妻子招待他们吃过饭后，他开始向他们说明此次的任务。

三兄弟目不转睛地盯着葛兰西。他是一个矮个子，佝偻着背，扭曲的身体使他看起来格外瘦弱，而他的圆脑袋则显得尤其大。

葛兰西却像没有注意到自己的畸形似的踱着步。

“你们即将踏上一段漫长的旅程。”他呷了一口酒，严肃地说，“这次的使命至关重要，关系到意大利新大区的建立。你们之所以被选中是因为你们勇敢而忠诚。正如你们所知道的，那不勒斯当局对我们的行动不可能有一丝宽容，他们会不惜一切代价阻止我们的计划。要是被逮捕了，你们无论如何不能招供。一旦被捕，你们就服毒自尽。”

葛兰西发给每人一个小瓶子。

三个人将瓶子收好。

“幸运的是，”葛兰西说，“你们执行任务的大部分时间都在海外，到了美国，你们基本上不会被警察抓到。现在听好：你们应该意识到了，这次民族主义运动需要大量的资金来维持军队和武器的开销。这种事情可以找在美国发迹的意大利人。我这里有一张住在纽约、费城、芝加哥的意大利富人名单。你们要尽一切可能说服他们捐钱给军队。这次任务的详细计划在你们各自的包里。你们三个人出发后，相互之间都不知道其他人的伪装和行程路线，这么做是为了保护你们。你们到达美国之前都不会再相遇。到时候会有人去接你们。你们一旦到了美国，就连波旁王室和教皇都拿你们没办法。不过在美国当地也有危险，你们随时都要小心。天亮之前，你们会被带到出发的地方，之后你们就要分头行动了。时间紧迫，你们务必按照指示行事，不能出任何差错。我们的敌人知道我们现在面临经济困难，对我们下一步可能会有的举动他们已经有所防备，到处都布置了眼线。还有什么问题的话你们现在就请赶紧问。”

三个人没有作声，于是葛兰西让他们回各自的房间。

拂晓时分，他们按照各自不同的路线出发了。

亚历山大·韦特里和他的堂兄詹姆斯·圣图奇坐船分别从那不勒斯和热那亚出发。亚历山大的弟弟加埃塔诺·韦特里则前往马赛，准备在那里等待三天之后乘坐美国蒸汽船去纽约。他伪装成了一名天主教神父，新名字叫乔凡尼？阿戈斯蒂尼神父。他很满意这个身份。扮演神父对他来说很容易，因为之前他当过好几年的侍祭。家人原先也准备让他进神学院学习，不过他辍学后参加了加里波第①的军队。他在意大利战绩显赫，和加里波第也很熟。其他乘客还没上船。现在他正独自一人得意地坐在自己的铺位上。干得漂亮，他自言自语道。如今，加埃塔诺在这个世界上消失了——谁能想到他会变成神父呢？

他睡着几小时后，船上的动静把他吵醒了。船离岸了。然而，他的船舱里却没有别的乘客。他拿着念珠，打开门，爬上底层的甲板。

他听到有几个乘客在上层的甲板上聊天，不过底层甲板上却一个人都没有。夜幕将至，看到马赛城在暮色中逐渐隐去，他露出了笑容，为即将面对的任务和冒险兴奋不已。他一边念着万福玛利亚，一边捻动着念珠，没有注意到在他的身后，一个赤裸上身、湿漉漉的人悄悄地浮出水面。那个人勒住他的脖子，使劲儿一扭，我们的神父就此一命呜呼。凶手把神父的尸体拖到暗处，迅速把他的衣服剥下来给自己换上，然后把神父的尸体抛入海中。凶手很快就在神父袍子右边的口袋里找到了

① 塞佩·加里波第（1807—1882），意大利将领、爱国者与政治家。他献身于意大利统一运动，亲自领导了许多军事战役，被誉为意大利统一的宝剑。——译者注

船舱的钥匙。从口袋里的登船牌上，他知道了神父的名字。

同舱的乘客是一个穿着讲究的绅士，他自我介绍说，他名叫卡洛斯·罗梅罗，来自新墨西哥州的拉斯维加斯城，刚从卢尔德朝圣归来。

凶手听罢，笑着说："我是乔凡尼·阿戈斯蒂尼神父，意大利人。"

在船上的第一晚，当船驶过直布罗陀海峡进入西班牙的水域时，一个小小的身影从暗处爬了出来。他猫着身子，下身裹了一块布，来到一盘不知被谁放在地上的食物跟前。这个人十分健壮，四肢短小，一头黑发，麦色的皮肤在黑暗中油光发亮。他的眼睛如孩童一般单纯。他狼吞虎咽地把食物塞入口中，像是好几天没吃过东西一样。吃完后，他一溜烟似的跑开了，躲进船上一个不为人注意的角落。那里的甲板上有着一块帆布，他钻到帆布底下，因此没人能看到他。

罗梅罗先生觉得，这个和他同住一间船舱的神父有些奇怪，神父每天晚上都会把一盘食物放在船舱外的甲板上，就像需要喂猫喂狗似的。但罗梅罗并不觉得这有什么不对，他十分崇敬这个室友，因为他从小就对神职人员充满了敬畏。虽然罗梅罗没问什么，神父还是解释说，海上有不少鹈鹕随船一同前往美洲，饲喂动物是基督徒的义务。

凶手没用多久就熟练地进入了他的新身份。他把死者旅行箱中的东西翻了个遍。对于杀人这件事他一点儿也不后悔。活下来才是最重要的，何必在意杀了人呢?他一边这么想着，一边翻看着从旅行箱找出的信件。由此他知道了，“阿戈斯蒂尼”并不是神父，他的真实身份是一名意大利特工，这次前往美国是为了给加里波第的军队筹资。船在巴尔的摩靠岸时，意大利革命军的特工会和他碰头。于是，凶手琢磨着他得在船靠岸前离开。所幸船靠岸的时候天还没亮，他可以伺机逃跑。

神父与除了罗梅罗先生以外的所有人都保持着一定的距离。他并不和别人说话，大多数时候都假装在打坐。他的这一举动使罗梅罗这个虔诚的教徒深受感动。这位新墨西哥的乘客对神父无比崇敬，于是，在到达目的地前的某一天，他邀请神父和他一同前往新墨西哥州。

“那是个好地方，有空旷的荒原，当地的人民勤劳朴实。偶尔有几个小混混，而他们正需要神父的引导。”罗梅罗趁着神父念完万福玛利亚提议道，“你何不搬到那里去呢?”

神父解释说，他的内在志向是当个修道士，比起神父他更愿意做个隐士，他来美国只是想找一个靠近山顶的安静的地方苦行修炼。

“唔，”罗梅罗想了想，说，“我的牧场附近就有一座风景不错的山，当地人叫它特科洛特山。你会爱上那里的！那里没什么人居住，很安静。我的牧场名叫波贝尼。”

神父答应了。不过他告诉罗梅罗，自己要在巴尔的摩见几个老朋友，因此船长同意让他提前离船。

船靠岸的当晚，阿戈斯蒂尼在与罗梅罗道别后，纵身跳入了巴尔的摩港深蓝色的海水中。他的矮人伙伴紧随其后。

船离岸边并不远，他们很快就神不知鬼不觉地上了岸。

两个来接应阿戈斯蒂尼的意大利特工发现他不见了，吃了一惊，立即向上级汇报了阿戈斯蒂尼失踪的事。

两个月后，神父按约定来到堪萨斯城。和罗梅罗碰面后，两人一同乘马车前往新墨西哥州。他们抵达科罗拉多时，联合堡发来通知说：为了躲避附近的阿帕奇勇士，他们应该取道北边的山路，从拉顿通路前往新墨西哥州。他们到了那儿，会有一支美国军队将他们护送到拉斯维加斯。他们到了新墨西哥州后，联合堡的诺克斯上校会见了他们，并将他们护送到了目的地。

离开拉斯维加斯几公里，罗梅罗指向西方的地平线。

“看哪，”他对神父说，“那就是特科洛特山脉，你的新家!”

神父向罗梅罗手指的方向看去。

远处的地平线上，屹立着一座山峰，犹如一条紫色的大鲸鱼。那就是他此后几年将居住的地方。

那天晚上，在福尔摩斯的提议下，我们聚集在贝克街的家中。欣韦尔·约翰逊和博比·纳瑞坐在门口的地板上旁听。我和福尔摩斯、巴斯克斯和莱斯特雷德则坐在房间里。法医琼斯也来了。福尔摩斯坐下来，将他托琼斯从苏格兰场带来的厚厚的安达曼监狱关押过的犯人的资料打开，放在腿上。他查阅了将近一个小时，然后抬起头，说："先生们，我们该开始了。由于我要说的东西很多，有些不知从何说起，就让我们从这本资料里面的一些内容开始讲起吧！我们把一些事实厘清之后，我就不用一直拿着它了。"

福尔摩斯把资料翻到了第一页。

"与其把全文读给你们听，不如让我来概括一下。我们目前主要关注的突破口是 A. I. 3 号犯人，关于 A. I. 4 号犯人的事我们晚些再提。A. I. 3 的真名叫兰吉特，1840 年出生于印度莫提哈里，是当地一个在种植园工作的贱民[①]之子。他在很小的时候就展露出了宗教才能，在父亲的鼓励下，他决心将毕生奉献给印度传教事业。男孩儿在英国种植园主布莱尔的家中茁壮成长，并学会了说一口流利的英语。在男孩儿十四岁时，一天，工人们联合罢工时，布莱尔放火烧毁了几个村民的房子，其中也有兰吉特家。

---

① 贱民是印度种姓制度中不属于任何四种阶级的人，被看做是低于任何四种阶级，只允许从事被视为非常卑贱的行业。——译注

“兰吉特在大火中失去了一切，爸爸、妈妈还有姐姐都在大火中丧命。兰吉特离开了布莱尔家并发誓，一定会找英国人报仇。他加入了武装革命团，并在1857年参与了坎普尔大屠杀①，据他本人所说，当时他杀死了十余人。后来他被逮捕了，在为自己作了极力辩护后，他被判无期徒刑，关入安达曼群岛的布莱尔港监狱。起初，他表现得很顺从。大约在他入狱八九年的一天，他和其他几个人袭击了来访的总督梅奥勋爵。梅奥在混乱中当场死亡，兰吉特逃入山中，据说他得到了当地痛恨西方侵略者的土著人的保护。协助他逃跑的还有一个人，A. I. 4号犯人，印度比哈尔邦的原住民，也是在坎普尔战争中被捕，同样参与了刺杀总督的行动。”

福尔摩斯顿了顿，把那本厚厚的资料放到地上。

“关于这两个人的官方记录就到此为止了。后面的内容是我们自己推断的。他们从安达曼群岛潜逃出来后偷渡到了大陆，然后，又通过陆路或是海路——估计是海路——来到欧洲，准备逃亡到美国。后面的经过就由巴斯克斯来说吧。”

“我现在要说的内容是基于我们现有的线索得到的，不过之后可能会有所变动。先说到哪儿是哪儿吧！”这位

---

① 1857年坎普尔战争中发生了三次战略事件，分别为“威勒尔堑壕事件”、“萨缇查乌拉山脉大屠杀”和“比比迦尔大屠杀”。——译注

美国侦探接过福尔摩斯的话，继续说，“这两个人抵达法国的马赛港后，偷偷上了一艘开往美国纽约和巴尔的摩的轮船。船上有一位名叫乔凡尼？阿戈斯蒂尼的神父，他其实是一个意大利革命分子，本名叫加埃塔诺·韦特里，神父的身份只是他的伪装。他和另外两兄弟分头去美国为加里波第的军队筹资。然而加里波第万万没有想到，加埃塔诺一上船就被兰吉特灭口抛尸。兰吉特和他体格相仿，外貌也有些相似，于是他就成装成阿戈斯蒂尼神父的样子。由于船刚出发，没有人认识阿戈斯蒂尼，乘客人数也没少，所以根本没人发现神父已经遇害。当然，兰吉特一开始并没有发现阿戈斯蒂尼神父是假的。他和一个从罗马朝圣归来的新墨西哥州富人卡洛斯·罗梅罗成了朋友。卡洛斯·罗梅罗为兰吉特提供了一处偏远的住所。对兰吉特来说，那真是一个完美的避难所，不但可以暂时避避风头，运气好的话甚至可以就此过上新的生活，英国警方做梦都不会想到他藏在这里。阿戈斯蒂尼来到了新墨西哥州后，忘记了他本来的使命是要在那儿与兄弟们汇合，一起参加意大利统一运动。他的同伴苏加特和他一起去了新墨西哥州，平时躲在暗处，忠实地保护着他的主人。另外活下来的两个兄弟，对他们兄弟失踪的事展开了调查。他们花了很长的时间追踪到了神父隐居的山下，一个现在被称作‘隐士峰’的地方。其中一个叫罗伯托的兄弟赶到时，阿戈斯蒂尼已经离开了。他一路追踪，终于在拉斯克鲁塞斯追上了他。

不过兰吉特没有束手就擒，他杀死了罗伯特，并以罗伯特的身份去了纽约。他用罗伯特衣服里的钥匙取走了罗伯特的将近五万美金存款，决定以自己编造的新身份开始生活。他换了新的发型，剃了胡子，买了昂贵的衣服，然后去了伦敦并在那里逐渐混入英国上流社会的社交圈。他用从罗伯特那里拿来的钱在商人朋友们的帮助下成立了一家新的银行。他从头开始了，没有人知道他是谁。只有一个人一直都在找他，即第三个意大利兄弟，也就是今天在伦敦被杀的那个人。”

“至少目前看来是这样的。”福尔摩斯补充了一句。

这之后的讨论一直持续到深夜，不过并未得出什么新的结论。客人们在 11 点左右离开了。

翌日，莱斯特雷德下令逮捕凶手苏加特，也就是 A. I. 4 号犯人。不过他至今仍然在逃中。

巴斯克斯在伦敦逗留的这几天里经常来贝克街做客，我们之间的聊天非常愉快，彼此的友谊更深了。福尔摩斯将调查的书面结果交给了辛格夫人。既然总理已经同意将爵士安葬在威斯敏斯特教堂，就让辛格爵士把他的秘密带入坟墓吧。

葬礼过后不久，一天，维多利亚女王的死讯传来，举国震惊。

“英国最近真是流年不利啊。”福尔摩斯不无讽刺地说。

“一点儿也没错。”我应声回答。

合同登记号：图字 01 - 2014 - 0563

新的冒险

Between the Thames and the Tiber

图书在版编目（CIP）数据

新的冒险/（美）里卡迪（Riccardi，T.）著；姜井勇，郑逸秋译. —北京：群众出版社，2015. 7

（福尔摩斯归来探案集）

ISBN 978 - 7 - 5014 - 5383 - 2

Ⅰ. ①新… Ⅱ. ①里…②姜…③郑… Ⅲ. ①长篇小说—美国—现代

Ⅳ. ①I712. 45

中国版本图书馆 CIP 数据核字（2015）第 137852 号

新的冒险

［美］泰德·里卡迪 著

姜井勇 郑逸秋 译

出版发行：群众出版社

地　　址：北京市丰台区方庄芳星园三区 15 号楼

邮政编码：100078

经　　销：新华书店

印　　刷：北京泰锐印刷有限责任公司

版　　次：2015 年 8 月第 1 版

印　　次：2015 年 8 月第 1 次

印　　张：7. 5

开　　本：880 毫米×1230 毫米 1/32

字　　数：140 千字

书　　号：ISBN 978 - 7 - 5014 - 5383 - 2

定　　价：25. 00 元

网　　址：www. qzcbs. com

电子邮箱：qzcbs@ sohu. com

营销中心电话：010 - 83903254

读者服务部电话（门市）：010 - 83903257

警官读者俱乐部电话（网购、邮购）：010 - 83903253

文艺分社电话：010 - 83903973